희망, 여기서부터 시작해야겠다

희망, 여기서부터 시작해야겠다

초판 1쇄 인쇄 · 2025년 4월 12일
초판 1쇄 발행 · 2025년 4월 22일

지은이 · 김경숙
펴낸이 · 한봉숙
펴낸곳 · 푸른사상사

주간 · 맹문재 | 편집 · 지순이 | 교정 · 김수란, 노현정 | 마케팅 · 한정규
등록 · 1999년 7월 8일 제2-2876호
주소 · 경기도 파주시 회동길 337-16 푸른사상사
전화 · 031) 955-9111(2) | 팩스 · 031) 955-9114
이메일 · prun21c@hanmail.net
홈페이지 · http://www.prun21c.com

ISBN 979-11-308-2238-9   03810
값 18,500원

후원 : 서울문화재단 | 서울문화재단

68
푸른사상
소설선

김경숙 소설집

희망, 여기서부터 시작해야겠다

　이 소설의 초고를 언제 쓴 것일까? 기억이 잘 나지 않는다. 그저 완성도를 높이는 과정으로 성급하지 않게 퇴고의 과정을 반복했던 기억만 있다.

　쓰는 내내 아무도 내게 슬픔이 두려움과 닮아 있음을 일깨워주지 않았지만, 매번 슬픔을 쓰고 있는 자신을 발견하게 된다. 슬픔은 우리에게 다양한 얼굴을 보여준다. 신은 슬픔을 통해 인간의 지혜가 깊어진다고 위로하지만, 그 말이 위안이 되지는 않는다. 그럼에도 불구하고 우리는 그 언어의 힘을 믿으며, 치유의 의지로 말을 찾는다.

　강요된 품위가 아닌, 유창함이나 달콤함을 넘어, 진솔한 말로써 이야기가 독자에게 닿기를 바라는 마음으로 말을 꺼낸다. 이 글이 누군가에게 작은 위로와 공감을 전할 수 있기를 바라며, 슬픔의 깊이를 묘사하는 말들 그 자체로, 치유의 도구가 되길 소망한다.

　출간을 도와주신 맹문재 교수님과 푸른사상사 편집위원 분들께 감사의 인사를 드린다.

희망, 여기서부터 시작해야겠다
김경숙

차례

7

치파오

아침 일찍부터 울어대는 수화기를 집어 든 건 순자였다. 치파오가 경찰서에 붙잡혀 있다고 했다. 어젯밤 을지로 상가에서 목걸이를 팔려다 붙잡혔고, 조서를 쓰는 과정에서 그 목걸이를 훔친 게 아니라 나로부터 선물 받은 것이라고 주장했다는 것이다. 그 진위를 확인하기 위해 걸려온 전화였다. 치파오가 절도죄로 붙잡힌 모양이었다.

　경찰 두 명이 들이닥치듯 찾아온 건 전화를 받고 두 시간 후였다. 당사자에게 직접 진위를 확인하기 위해 방문한 것 같았다. 나는 침대에 누워 두 경찰을 눈으로 맞았다. 한 명은 풍채가 컸으나 다른 한 명은 풍채가 왜소해 바짝 마른 북어를 연상시켰다. 나는 궁금한 눈으로 풍채가 좋은 경찰 쪽으로 시선을 옮겼으나 내 예상과 달리 수사의 주도권을 쥔 쪽은 북어 쪽이었다. 북어는 눈만 껌

벅거리고 있는 나를 공범자를 관찰하듯 훑다가 사건 정황을 늘어놓았다. 이미 전화로 들은 내용과 다르지 않았다.

치파오가 보석을 팔기 위해 을지로에 있는 한 허름한 금은방을 찾아갔고, 말투가 어색하고 어리숙해 보인 여자가 값비싼 목걸이를 흥정하려 들자, 이를 수상히 여긴 금은방 사장이 경찰서에 신고하여 치파오는 현장에서 붙잡혔다고 했다.

치파오가 이레 가까이 나를 간병하는 동안 아내의 방에 들어가 아내의 목걸이를 자기의 물건처럼 이것저것 번갈아 걸어보면서 모양을 뽐냈다. 그리고 순자가 퇴원하던 날, 목걸이를 착용한 채 가버렸다. 그 반클리프 목걸이는 VIP 회원들만이 복잡하고 까다로운 예약 절차를 거쳐야 구할 수 있는, 시가 육천만 원이 넘는 것이었다. 보석을 취급한 금은방 사장이 그 목걸이의 가치를 모를 리 없었다. 치파오에게는 무척 안된 일이지만 그녀에 관한 소식을 좋지 않은 방법으로나마 전해 듣게 되어 조금은 갈증이 해소된 기분이었다.

북어가 신문하듯 침대맡으로 다가와 질문했다.

교수님? 교수님께서 그 중국 동포 간병인에게 그 고가의 목걸이를 주셨다는 게 참말입니까? 아, 이거 실례했습니다. 아, 그 어떻게 확인한다……

그제야 내 몸 상태를 인지한 듯 당황해했다. 북어는 습관처럼 "아, 그" 하며 입맛을 다시듯 말을 끊어가며 말했다. 내가 눈만 끔벅이고 있자, 북어는 난처한 표정을 지으며 풍채를 힐끔 바라봤다. 풍채의 생각 없는 표정을 훑고는 순자에게 시선을 옮겼다. 무표정하게 서 있던 순자가 대답 대신 필기도구를 꺼내자, 북어는 반기듯 반응했다.

아, 쓰실 수 있단 말이죠? 아, 그렇다면 교수님! 여기에다 써주십시오. 어떻게 해서 그 여자가 그 값나가는 목걸이를 선물 받은 거라고 말도 안 되는 말로 우기는지를⋯⋯. 교수님이 얼마나 억울할지 압니다. 그런 못된 간병인도 있는 법이니까요. 특히나 신분을 알 수 없는 중국 동포 간병인들이 대개가 그렇죠. 안 그렇습니까? 교수님?

북어가 자신의 판단을 확신하며 확답을 강요하듯 내뱉는 동안, 순자가 내 손에 볼펜을 쥐여주었다. 나는 볼펜을 꽉 그러쥔 채 손가락에 힘을 주었다. 힘을 줄 때마다 온몸의 혈관들이 푸른빛을 띠며 굵어졌다. 그러는 내게 시선이 모아졌다. 모두가 지켜보는 가운데, 나는 부들부들 손을 떨었다. 북어가 응원가를 부르듯 외쳤다.

아, 그 길게 쓸 필요 없습니다. 짧게. 부담 갖지 마시고.

나는 글을 쓰려고 온몸의 힘을 손가락에 모았다.

치파오의 본명은 최영님이었다.

순자가 치질 수술을 받느라 병원에 입원해 있는 동안 나를 임시로 돌보게 된 간병인이었다. 그녀는 간병인 협회를 통해서 왔다. 아내는 나에 대한 배려가 전혀 없었다. 아무리 임시 간병인이라지만 최소한의 면접은 필요했다. 나에 대한 아내의 애정을 확인하는 하나의 사례였다. 아내는 일일 파출부를 구하듯 성의 없이 일을 진행했다.

치파오 입장에서는 나를 간병하게 된 일이 더없이 좋은 기회였을 것이다. 한국에 연고가 없는 중국 동포 간병인이 호스피스 병동이 아닌 가정집의 개인 간병을 하게 된 것은 흔치 않은 일이었다.

나는 그녀를 '치파오'라고 불렀다.

속으로 나 혼자 불렀기 때문에 그녀는 모르는 사실이었다. 누구라도 그녀를 보면 이름보다도 '치파오'가 기억될 것이다. 그녀가 나를 간병하러 온 첫날, 그녀의 손에는 커다랗고 네모난 파우치가 들려 있었다. 몸매를 한껏 드러내기에 좋은 치파오를 입고 있었고, 색상은 겨자색의 꽃무늬 천이었다. 대개 간병인들은 일하기 간편한 복장을 하기 마련인데, 의상부터가 평범치 않았다. 게다가 연두색 아이섀도로 요란하게 화장을 하고 엉덩이까지 과장되게 흔들며 걷는 모습은 여간 구경거리가 아니었다.

그녀는 오자마자 파우치를 열어젖히고는 번들거리는 땀을 닦아내느라 정신이 없었다. 그녀는 조금도 내 시선을 의식하지 않았다. 그녀 앞에서 나는 생명 없는 존재 같았다. 그녀뿐 아니라 모두가 날 그렇게 대하고 있는지도 몰랐다. 치파오는 파우치에 부착된 거울을 통해 번들거리는 땀을 화장 솜으로 찍어낸 후, 검고 긴 머리를 손가락으로 빗으며 돌돌 말아 핀으로 고정했다. 치파오는 그렇게 내 집에 오자마자 자신부터 돌봤다.

그녀는 내게 아는 척이나 인사도 없이 엉덩이를 크게 흔들며 창문을 가리고 있는 커튼을 밀어젖혔다. 활짝 열린 창문으로 낯설기만 한 공기가 새어 들어왔다. 그녀는 내게 묻지도 않고 커튼을 열더니 시끄럽게 청소기를 돌리며 구시렁거리기 시작했다. 일하면서도 입을 잠시도 다물지 않았다. 방 안에 얌전히 고여 있던 먼지들이 그녀의 수다와 함께 일렁였다.

나는 저항 없는 시선으로 그녀의 움직임을 좇았다. 그녀가 움직일 때마다 찢어진 치파오 사이로 허벅지가 비쳤다. 건강해 보이는 홍차색이었다. 내 시선을 의식한 것일까. 그녀가 나를 힐끔 돌아보았다. 나는 뭔가를 훔쳐보다 들킨 사람처럼 얼른 눈을 딴곳으로 이동했다. 다시 내 눈은 그녀에게로 향했다. 주름살처럼 여러 겹으로 진 쌍꺼풀과 광대뼈보다 낮은 코, 톤이 높아 경망스러워 보이는 음성……. 뭔지 모를 새로운 기분이 들었다.

한 가지 참을 수 없었던 건 그녀가 내게 행하는 무례한 신체접촉이었다. 내 의사도 묻지 않은 채 마구잡이로 나를 휠체어에 앉혔다. 팔과 다리, 목까지 뻣뻣하게 굳어진 내 육신은 그녀의 팔 힘에 옮겨졌다. 체형에 비해 그녀의 팔 힘은 다부졌다. 그녀는 나를 욕실로 데리고 들어갔고 그녀의 거침없는 손길에 의해 빨가벗겨졌다. 나는 벗지 않으려고 저항했다.

내가 할 수 있는 저항은 우우, 거리는 비명뿐이었다. 욕실 거울에 비친 내 알몸은 보기 싫을 만큼 앙상했다. 비누 거품이 묻은 타월이 그녀의 손을 통해 내 몸 구석구석을 더듬었다.

그것뿐만이 아니었다. 그녀의 엄지손가락과 집게손가락이 내 양쪽 볼을 집게처럼 잡았다. 벌어진 내 입속으로 칫솔이 비집고 들어왔다. 나는 우우, 거리며 침을 질질 흘려가면서 이를 닦지 않으려고 저항했다. 턱이 처들린 상태로 나는 계속 우우, 거렸다. 우우, 거림은 내가 듣기에도 소 울음소리 같았다. 저항을 멈추지 않자 치파오가 내 등짝을 철썩 내리치며 쏘아붙였다.

입 크게 벌려. 아휴 입 냄새. 떡이 진 머리 좀 봐. 얼마나 안 씻겼길래. 좀 얌전히 있어봐. 착하지.

내 기분은 전혀 고려하지 않고 치파오는 입에서 나오는 대로 지껄였다.

제어기랄…….

나는 불만의 소리를 질렀다. 그러나 내 입에서는 여전히 "우우"라는 소리만이 음성 번역기처럼 새어 나왔다. 나는 포기하지 않고 "우우우"거리며 항변을 멈추지 않았다. 여성의 손에 의해 말라비틀어진 내 몸이 무참하게 드러나는 것을 용인할 수 없었다.

우우우…….

남성성을 지키려는, 자존심을 지키려는 몸부림이었다. 한참을

기를 쓰다 체념이라도 하듯 부끄러움과 자존심이 솜처럼 가라앉았다. 나는 한참 동안 멍하니 몸을 맡기다가 대화하듯 내 이야기를 하기 시작했다.

우우우…….

전 카이스트에서 생명공학을 연구하는 교수였습니다. 무슨 연구였냐고요? 바로 당신 같은 일을 하는 간병인 로봇을 만드는 연구였습니다. 인간의 존엄성. 인간은 존중받아야 한다. 환자도 존중받아야 하고 간병인도 존중받아야 한다. 긴 병에 효자 없듯, 마음으로 환자를 돌보는 간병인도 없다. 이제 그딴 감상적인 기대는 집어치우고 간병인 로봇을 만들자.

그런 의미에서 연구를 시작했습니다. 연구의 계기가 있었냐고요? 물론입니다. 제 아버지는 루게릭병을 앓고 계셨습니다. 돌아가시기까지 이십 년을 누워 계셨죠. 저는 아버지의 모습을 외면하고 싶어 공부를 핑계 삼아 도서관과 연구실을 배회했습니다. 아버지가 내게 바라는 건 없었습니다. 단지 아들의 얼굴을 보고 싶어 하는 일 말고요.

저는 아버지가 돌아가시면 좋겠다고 생각했습니다. 그편이 아버지에게도 행복할 것 같았으니까요. 누워만 있는 삶은 의미 없는 일 같았습니다. 저는 아버지로부터 자유롭고 싶었습니다. 그런 말을 입 밖으로 낸 적 있었냐고요? 그럴 리가요. 제가 그 정도의 분별력도 없어 보이십니까? 그런 말은 속으로만 하는 것이죠.

인간은 스스로 씻을 수 있을 때 존엄하다고 생각했습니다. 인간은 죽는 순간까지 존엄해야 한다고 생각합니다. 저는 간병인 로봇만이 인간의 존엄성을 지켜줄 것이라고 확신했습니다. 물론, 당신처럼 시키지도 않는 일까지 하는 로봇은 없겠지만요. 하하.

아버지는 촉망받던 화가였습니다. 병이 급속도로 진행되는 삶속에서도 붓을 입에 문 채 그림 그리는 일을 멈추지 않았습니다. 아버지는 삶을 포기하지 않았습니다. 그림을 포기하지 않았는지도 모르죠. 무엇이 아버지를 그렇게 만든 것일까요? 아버지가 할 수 있는 유일한 일이기 때문이었을까요?

어머니는…… 어머니 얘기는 하지 않겠습니다. 어머니는 간병인보다도 못한 아내였으니까요. 그래도 신혼 한때는 행복했을지도 모르죠. 아버지는 세계적인 화가였으니까요. 아버지의 그림은 지금도 경매를 통해 낙찰되고 있으니까요. 그러니 아버지의 병이 진행되기 전까지는 행복했을 겁니다.

저는 지금 당신 같은 사람이 하는 일을 대신할 로봇을 연구하는 박사였다는 말을 하려는 겁니다. 지금은 이런 처지가 되었지만 말입니다. 의학적으로 루게릭병이 유전인지 아닌지 명확히 판명되지 않았지만, 유전 가능성 때문에 항상 불안했습니다. 그러니 제가 아버지를 보고 싶어 하지 않았던 심정을 이해하시겠습니까? 미래의 저를 보는 것 같았거든요. 제가 죽기 살기로 연구에 매달린 까닭도 그 때문이었습니다.

당신에게 신세 한탄을 하는 게 아닙니다. 내게 범한 무례를 멈추어달라는 말을 하려는 겁니다. 환자는 어린아이가 아닙니다. 그러니 더럽다고 함부로 말하지 마십시오. 안 씻는 것이 아니라 못 씻는 겁니다. 환자도 인격이 있습니다.

공감을 얻으려 치파오를 바라보았지만, 그녀는 자기 일에만 몰두했다. 약간의 실망을 뒤로하고 나는 이야기를 이어갔다.

우우우…….

연구에 성공할 가능성은 있었냐고요? 물론입니다. 모두 제 연구에 기대를 걸고 있었습니다. 성공시킬 자신도 있었습니다. 왜냐고요? 저는 그간 살아오면서 실패를 경험한 적이 없었으니까요. 전자만했습니다. 제 머리로 해내지 못할 게 없다고 확신했으니까요. 그런데 왜 이 모양 이 꼴이 되었냐고요? 스트레스였습니다. 언젠가 저도 아버지처럼 병이 진행될지 모른다는 불안 때문에…….

하루빨리 간병인 로봇을 연구해내기 위해 밤잠을 자지 않고 연구했습니다. 얻는 것은 더디지만, 잃는 것은 순간이었습니다. 사실은 순간이 아닐지도 모릅니다. 순간의 결과에는 교만이란 원인이 있었으니까요. 교만이 저를 순간으로 치닫게 한 겁니다. 그러니 제가 모든 것을 잃은 건, 교만 때문일 겁니다.

쓰러지던 날 몹시 피곤했습니다. 모처럼 아내와 함께 시간을 보내야겠다는 생각에 일찍 집에 들어갔죠. 저는 늘 연구에 미쳐 있었기 때문에 평소 아내를 혼자 있게 하는 날이 많았습니다. 아내는 항상 웃는 얼굴로 저를 맞이했지만, 행복해 보이진 않았습니다. 저는 아내를 사랑했습니다. 그래서 더욱 병이 진행될까 봐 불안했는지도 모릅니다. 저는 아내와 함께 있어주지 못한 대신 보석을 자주 선물해주곤 했습니다. 제가 아내를 사랑한 방법이었습니다.

그날도 제 가방 속에는 아내에게 선물할 목걸이가 있었습니다. 그런데 아내가 집에 없더군요. 저는 아내가 들어올 때까지 잠시 눈을 붙일 작정으로 침대에 몸을 묻었습니다. 깨어나보니 병실이었습니다.

의사는 깨어난 제게 루게릭병에 관해 상세히 설명해주었습니다. 그렇게 상세한 설명까지는 필요 없는데 말입니다. 그 병이라면 누구보다 제가 더 잘 알기 때문입니다. 쓰러지기 전 전조 증상이 있었냐고요? 평소 약간의 이상 증상은 있었습니다. 볼펜을 쥐고 있는 손에 힘이 빠지는 수전증 같은 현상이었죠. 뭔가를 부주의하게 잘 떨어뜨리기도 했습니다. 발걸음이 무거울 때도 있었습니다. 연구실에 앉아 있을 때 이따금 머리가 깨질 듯 아팠습니다. 그때마다 몸살 감기약을 먹었고, 자고 일어나면 거뜬해졌습니다. 그래서 피곤한 탓으로만 생각했습니다. 늘 불행이 덮칠까 봐 불안해했으면서도 불행이 저와는 멀게 느껴졌습니다. 전 너무 젊었으니까요.

전 뇌졸중 증상을 동반하며 쓰러졌고, 루게릭병은 빠른 속도로 진행되었습니다. 제 의지로 움직일 수 있는 건 눈동자뿐입니다. 제 연구에 기대를 걸었던 사람들이 저를 차츰 잊어갔습니다. 제 존재는 아침 이슬 같았습니다. 전 좌절했습니다. 희망을 잃으면 마음이 제일 먼저 무너지는 법이죠. 전 우울증까지 앓게 되어 극복 의지마저 잃은 지 오래됐습니다. 그러니 저를 가만두세요.

우우우…….

"우우우"거리는 내 말을 치파오는 알아듣지 못했다.

고개 똑바로! 오―올―치.

치파오는 하루 세 번 내게 칫솔질을 했다. 내 몸을 가만두지 않는 치파오가 몹시 성가셨다. 나는 성난 들개처럼 치파오의 손을 물어뜯었다.

아―.

치파오가 짧은 외마디 비명을 지르며 물린 손을 그러쥐었다. 나는 입에 물고 있는 치약 거품을 치파오의 얼굴에 뱉었다. 눈물이 그렁그렁 맺힌 치파오가 내 등을 후려쳤다. 물린 데가 몹시 아픈지 울다 웃는 표정까지 지어가며…….

그 모습이 가엾게 느껴졌다. 순자는 한 번도 가엾다는 생각이 들지 않았었다. 순자는 늘 내게 깍듯했다. 늘 내게 예의를 갖췄다. 뭐든 내게 묻고 행동했다.

교수님, 블라인드를 내릴까요?

교수님, 티브이를 켜드릴까요?

교수님, 어떤 채널에 고정해드릴까요?

교수님, 소리는 적당한가요?

아무리 하찮은 것이라도 내게 물었다. 내가 대답 못 한다는 걸 알면서도 묻고 행동했다. 순자의 질문은 기계 칩에 저장된 반복된 언어 같았다.

아내가 가끔 내 방에 들어왔다. 나를 보고 한숨 따윈 쉬지 않았다.

좀 어때요?

고개를 조금 숙인 채 잔잔한 음성으로 물었다. 좀 지루한 질문이었다. 나는 대답 대신 아내를 바라보며 손가락을 꼬물거렸다. 아내는 나와 눈을 맞추지도 않았고, 내 손을 잡아주지도 않았다. 다소곳한 아내는 잘 다듬어진 석고상처럼 앉아 있기만 했다. 창문을 반쯤 열고 무료한 시선으로 밖을 바라보았다. 그러다 누군가로부터 전화가 걸려 오면, 침착한 톤으로 전화를 받았다. 조금 상기된 표정을 짓고서 몸을 의자에서 일으켜 세워 방 안을 이리저리 어정거리며 통화했다. 조금 꾸민 듯한 목소리였다. 내가 아내와 처음 데이트할 때도 아내는 그런 목소리를 내곤 했다. 통화가 끝나자 아무런 미안함도 없는 표정으로 내게 다가와 속삭였다.

어떡하죠? 당신을 두고 급히 다녀와야 해서. 몇 달간 외국에 나가 있어야 할 것 같아요. 어쩐다지. 이런 상황에 순자까지 수술을 받게 됐으니. 수술받지 않으면 안 될 만큼 치질이 아주 심해진 모양이에요. 당신을 위해 임시 간병인을 구해야겠어요. 서두를게요. 며칠만 참아주세요. 큰 불편은 없게 할게요. 치질 수술은 아주 간단하니까 곧 순자가 퇴원해서 당신을 잘 돌봐줄 거예요.

그리고 아내는 서둘러 출국해버렸다. 무엇 때문에 가야 하는지 설명해주지 않았다. 내 방에 손님처럼 다녀가는 아내에게서 낯선 남자의 향수가 맡아졌다. 순자는 치파오가 오기로 한 날, 인수인계도 없이 입원해버렸다. 치파오에게 현관 키 번호만을 달랑 알려준 채로.

내 임시 간병인 치파오는 부지런했다. 내게 지극정성으로 칫솔질만 해주는 게 아니었다. 매일 나를 씻겼고 내 머리까지 가지고 놀았다. 로드로 내 머리카락을 세 바퀴 돌렸다. 삼 년 동안 자르지 않아 단발이 된 머리였다. 나는 온순해졌다. 무력한 저항에 힘을 쓰지 않았다. 치파오의 무례한 행동에 악의가 없다는 것을 알았기 때문인지도 모른다. 머리에서 싸구려 약품 냄새가 진동했다. 치파오가 손거울을 내 얼굴에 비추어주었다. 나는 우스꽝스럽게도 분홍색 헤어 캡을 쓰고 있었다. 내가 아무 반응도 하지 않자 치파오의 얼굴에 화색이 돌았다.

치파오는 휠체어에 앉혀진 나를 조심성 없이 마구 밀며, 가구 모서리에 쿵쿵 부딪히며 이 방 저 방 집 안의 구석구석을 탐색시켰다. 내가 얼마나 침대에만 누워 있었는지, 내 집이 남의 집처럼 낯설었다. 치파오는 휠체어를 회전시키며 거실을 한 바퀴 돌았다. 거실 통유리 밖에는 나뭇잎과 잔디가 파랬다.

봄인가?

계절마저 낯설게 느껴졌다. 치파오는 주방을 한 바퀴 돈 뒤 내 서재 문을 열었다. 벽돌처럼 견고하게 채워진 책장을 둘러보며 치파오가 감탄사를 내질렀다. 나도 내질렀다. 내가 읽었던 책이라고는 믿기지 않아서였다.

이번에는 치파오가 아내의 방 문을 활짝 열었다. 내가 쓰러진 후 아내와 방을 따로 썼기 때문에 나 또한 삼 년 만에 들어와본 방이었다. 내가 한때 아내와 신혼의 단꿈을 펼쳤던 방이었다.

치파오는 푹신한 침대에 벌렁 누워 계란말이 하듯 몸을 굴렸다. 튕기듯 일어나 옷장 문을 활짝 열었다. 옷걸이에 걸린 아내의 옷을 이것저것 꺼내 마음에 드는 옷을 침대에 던졌다. 치파오는 아내의 감색 원피스가 마음에 드는지 입고 있던 치파오를 벗기 시작했다. 내 앞에서 거의 알몸을 드러내며 옷을 갈아입었다. 아내의 감색 원피스는 치파오의 팔뚝과 엉덩이 부분에서 팽팽하게 늘어났지만, 아내가 입을 때보다 더 잘 어울렸다.

치파오는 나를 전혀 의식하지 않은 채 화장대 앞에서 값나가는 향수를 뿌려도 보고 화장품 뚜껑을 이것저것 열어보며 얼굴에 찍어 발랐다. 한참 멋을 내더니 아내의 보석함을 열어 자신 것인 양 이것저것을 대보다가 목걸이를 집어 목에 걸었다. 그제서야 내 존재를 의식한 듯 환하게 웃는 얼굴로 나를 바라보았다. 그러곤 "귀여운 것" 하며 내 볼을 꼬집으며 키스했다.

치파오는 내게 소설책을 읽어주기도 했다. 언제 내 서재에 들어가 책까지 꺼낸 것일까? 나무껍질처럼 까칠까칠한 중국 연변 특유의 음성으로 읽어주었다. 읽는 솜씨가 수준급이었다. 치파오의 어머니는 한국 사람이라고 했다. 나는 치파오가 읽어주는 소설을 자장가처럼 들으며 잠들곤 했다.

한날은 갑갑한 기분이 들어 눈을 떠보니 치파오가 내 손과 발가락에 붉은색 매니큐어를 칠하고 있었다. 햇살로 눈이 부신 아침이었다. 내가 눈을 굴리자 "잘 잤니?"라고 물었다. 치파오가 아내의 감색 원피스를 입고 있어서 깜박 아내인 줄 착각했다.

나는 대답 대신 창문 쪽으로 눈을 굴렸다. 치파오는 언제나 블라인드를 올려놓고 있어서 밝은 햇살이 창문 가득 비쳤다. 전에는 블라인드로 창문을 꽁꽁 가려놓아 낮인지 밤인지 구분할 수 없었다. 치파오와의 아침은 새로운 아침 같았다. 치파오가 수다스럽게 앵무새처럼 조잘댔다.

장밋빛 매니큐어를 칠하는 중이야. 이쁘게 칠하고 밖에 나가자. 좋지?

치파오는 막무가내로 나를 휠체어에 태웠다. 휠체어에 나를 태운 치파오는 마구잡이로 밀며 현관문을 활짝 열었다. 쓰러지고 삼 년 만의 외출이었다. 치파오가 나를 데리고 간 곳은 집에서 멀지 않은 공원이었다. 오랜만에 보는 햇살이 눈이 부셨다. 나는 햇볕에 널어놓은 빨래처럼 나무 그늘에 놓였다.

공원은 한산했다. 중년쯤 돼 보이는 남자와 눈이 마주쳤다. 중년 남자는 벤치에 홀로 앉아 누군가를 기다리는 체하고 있었다. 한눈에 봐도 노숙인이었다. 담배를 쥐고 있는 손이 더러웠고, 은갈치색 양복 목깃이 빤질거렸다. 내 머리는 덜 익은 라면처럼 꼬불거리는 데다 손톱은 장밋빛으로 반짝이고 있었기 때문에 중년 남자도 내게서 눈을 떼지 못했다. 우리는 서로를 구경했다.

치파오가 꼬불거리는 내 머리를 쓰다듬더니 자기 지갑을 열어 꼬깃꼬깃한 만 원짜리 지폐를 셌다. 치파오가 나를 끌고 간 곳은 공원 근처에 있는 꽤 넓은 레스토랑이었다. 새로 개업한 레스토랑 같았다. 치파오는 확 트인 창가 자리가 좋겠다고 목청껏 말했다. 점잖아 보이는 직원이 살며시 다가와 정중하게 말했다.

이곳은 예약된 좌석입니다.

우리는 구석진 곳으로 안내받았다. 직원이 사라지자 메뉴판을 든 다른 직원이 다가왔다. 가격표를 한참 들여다보던 치파오가 양송이 스파게티 일 인분을 주문했다. 직원이 이 인분을 주문해야 한다고 말하자, 치파오 자신은 간병인이지 손님이 아니라고 설명했다. 양송이 스파게티가 나오자, 치파오는 그것을 포크로 돌돌 말아 내 입에 먹기 좋게 넣어주었다. 맛은 괜찮았지만 나는 조금만 먹었다. 접시에 남은 것을 치파오가 깨끗이 비웠다. 아내가 생각났다. 정기적으로 가는 병원마저 아내가 아닌 순자가 동행하다가 후에는 순자가 대신 가서 약만 처방받아 왔다. 치파오가 물컵을 엎질렀다. 동시에 포크가 바닥에 떨어졌다. 직원이 여러 번 왔다 갔다. 겨우 일 인분을 시켜놓고 치파오는 눈치도 조심성도 없었다. 식사가 끝날 때까지 예약됐다는 자리는 공석이었다.

레스토랑에서 나온 치파오는 곧장 집으로 향하지 않았다. 나를 데리고 지하철 안으로 들어갔다.

이건 아니지. 우우우…….

내 저항에도 불구하고 양송이 스파게티로 기운이 강경해진 치파오는 전철에 나를 실었다. 내가 교수로 근무했던, 모교로 가는 방향의 전철이었다. 의도적인 행동은 아닌 것 같았지만, 나로서는 원치 않는 일이었다.

우우우…….

나는 몸을 비틀었다. 내가 삼 년 동안 방에만 있었다는 것을 치파오에게 설명할 방도가 없었다. 결국, 나는 자포자기한 채 무력하게 고개를 떨구어야만 했다. 사람들의 시선이 나를 향하고 있다는 것이 온몸으로 느껴졌다. 그런 나에게 누군가 말을 걸어왔다.

한철우 교수님!

맞죠?

한철우 교수님이?

사람들이 나를 찍기 위해 휴대전화기를 들이댔다. 나는 어디라도 숨고 싶었다. 그 와중에 치파오가 창밖 풍경을 보라며 큰 소리로 외쳤다.

제발, 치파오!

나는 타는 목소리로 간절히 말했다. 물론 치파오가 들을 수 없는 말이었다. 치파오가 사람들을 뚫고 나를 창 쪽으로 끌며 외쳤다.

저것 좀 봐. 노란 개나리꽃이 시루에 담긴 콩나물 대가리같이 올라왔어?

나는 창밖에 콩나물 대가리처럼 올라온 노란 개나리를 배경으로 사진이 찍혔다. 어떤 사람은 동영상을 녹화했다. 집에 돌아와 페이스북과 유튜브에 우스꽝스러운 내 모습이 올려진 사실을 알게 되었다.

한철우 교수님, 사랑합니다.

한철우 교수님, 힘내세요.

용기를 주는 댓글이 무수히 올라왔다. 창피함과 뭉클함이 교차한 혼란스러운 마음을 나는 단식의 행동으로 치파오에게 화를 냈다. 치파오는 내게 사과하는 대신 내가 묻지도 않은 자신의 이야기를 늘어놓기 시작했다. 나는 거부의 의미로 눈을 감았지만, 치파오는 말을 계속했다.

치파오는 한국에 온 지 삼 년 됐다고 했다. 한국에 온 첫날부터 요양병원에서 간병 일을 했다. 입원 환자 대부분은 치매, 뇌졸중,

파킨슨병, 루게릭병, 암 환자였다. 여덟 명의 환자를 혼자서 돌봤다. 24시간 교대 근무였다. 간병인들은 환자만 돌보지 않았다. 환자의 침상을 정리하고, 기저귀를 교체해주며, 환자의 양치질과 세안, 음식을 주입하는 콧줄 속에 가래를 뽑는 일까지 했다. 환자 목욕도 시키고, 욕창이 생기지 않도록 체위를 바꿔주며, 휠체어에 태워 물리치료실을 오가고, 워커로 걷기 연습까지 도와야 했다.

그렇게 일하다 과로로 쓰러진 간병인도 있었다. 간병인은 환자를 돌보다가 쓰러져도 산재 처리가 되지 않았다. 노동자로 등록되어 있지 않아서였다. 반대로 간병인 때문에 환자가 다치면 모든 책임이 간병인에게 돌아갔다. 기계처럼 쉼없이 일한 뒤에는 협회에서 월급을 떼어갔다. 협회를 통해 일자리를 얻었기 때문이다. 치파오가 일하던 요양병원마저 폐업하는 바람에 몇 개월치의 월급을 받지 못한 채 체류 기간이 만료되어가고 있었다. 재외동포 간병인들은 월급을 받지 못한 부당한 처지에 놓여 있어도 노동법에 의한 보호 조치가 마련되어 있지 않아서였다.

치파오가 자신의 우울한 이야기를 들려주다 말고, 내 기분을 풀어주기 위해 춤을 추기 시작했다. 발끝을 세워 빙그르르 돌더니 허리를 이리 돌렸다, 저리 돌렸다를 반복했다. 나풀거리는 옷깃 사이로 아내의 목걸이가 슬쩍슬쩍 비쳤다. 내가 계속 무표정하게 있자, 그 빵빵한 엉덩이로 글자를 쓰기 시작했다.

미—안—해

무표정한 표정을 유지하려 노력했지만 결국 실패하고 말았다. 나도 모르게 피식 웃고 만 것이다. 무척 어색한 미소였다. 너무 오랜만에 지어본 미소였기 때문이다. 내가 웃자, 치파오가 침대맡으로 엎어지듯 달려와 내 볼에 입을 맞추었다.

까무룩 잠이 들었다가 인기척에 잠이 깼다. 눈을 떠보니 치파오가 아닌 순자가 커튼 앞에 서 있었다. 순자가 퇴원한 모양이었다. 커튼에 가려진 햇살. 방 안은 다시 어두워져 있었다. 마치 연극이 끝난 무대 같았다. 나는 눈으로 치파오를 찾았다. 치파오가 내 볼에 입 맞춘 부드러운 촉감이 꿈처럼 느껴졌다. 메마른 가슴에 쓸쓸함이 밀려들었다. 인사도 없이 가버린 치파오를 배웅이라도 하려는 듯, 나는 쓸쓸한 눈을 굴렸다. 순자가 물었다.

찾는 거라도 있으신가요, 교수님?

나는 커튼을 걷어달라고 우우우, 거렸다.

교수님? 괜찮으세요?

순자는 놀란 눈으로 반복해서 물었다. 내가 그토록 연구하려고 애썼던 로봇의 저장된 말 같았다. 나는 우우우, 거리며 말했다.

커튼을 걷어줘요.

교수님, 의사를 불러드리겠습니다.

순자가 말을 반복했다.

지루함을 참지 못하고 북어가 외쳤다.

그 애쓰지 마시고 간단하게 맞다, 아니다로만…….

내가 글을 쓰기 위해 온몸에 힘을 주는 동안 북어와 풍채는 지루한 몸을 비틀고 있었다. 풍채는 열쇠 꾸러미를 자꾸만 만지작거렸다. 그때마다 쇳소리가 나서 쓰는 데 여간 방해가 되는 게 아니었다.

순자가 내온 부드러운 질감의 원두커피를 북어가 아끼듯 홀짝였다. 매혹적인 재스민 향이 북어의 찻잔에서 흘러나왔다. 생각할수록 마음에 들지 않는 일이었다. 북어가 찻잔을 내려놓으며 아, 하고 감탄을 자아냈다. 입안에 감도는 초콜릿 향 때문이었다. 나는 침을 꼴깍 삼켰다. 내가 애용하는 커피였다. 그걸 뻔히 알면서 손님 접대용으로 쓰다니. 불만스러운 마음이 순자에게로 향했다.

여유를 얻은 듯 북어가 일어나 뒷짐을 진 채 어정거리기 시작했다. 눈으로 촘촘히 내 방을 훑기 시작했다. 순자는 보릿자루처럼 구석에 서서 빈 쟁반을 가슴에 보듬은 채 감독관처럼 서 있었다.

순자는 내 간병인이다. 오래전부터 집안의 잡다한 일과 가사일을 도맡아 해오다가 내가 쓰러진 뒤부터는 나까지 도맡았다. 그러니 간병인이라기보다는 집사란 호칭이 걸맞을지도 모른다. 순자는 아내에게 신뢰받고 있다. 둔하게 보이지만 생각보다 교활할 정도로 눈치가 빨랐다. 어느 상황에 무슨 말을 해야 하는지, 특히 강자와 약자를 잘 분간할 줄 아는 그녀는 살아남는 법을 알고 있었다.

그림 멋진데요. 이 그림이 교수님의 아버님이신 한승기 작가님이 그리신 그림이 맞나요?

커피 향 때문인지 북어는 여유롭고 차분한 시선으로 방 안을 훑으며 물었다. 북어가 감상하고 있는 그림은 아버지의 그림이다. 몇 년 전 경매를 통해 몇억 원대에 팔렸던 원본이 아닌 에디션이었지만, 캔버스 천에 인쇄한 그림은 원본 같았다. 작가의 세계관이나 내면세계를 들여다보기에는 북어의 그림 감상은 초보 수준이었다. 북어는 SNS에 떠도는 나에 관한 정보들을 접한 것일까? 내가 한때 촉망받는 교수였고, 작고한 내 아버지의 그림 덕분에 어느 정도 재산이 있을 거라는 것과, 또 그것을 누가 관리하고 있는지 궁금해하는 댓글들이 떠돌고 있는 것을. 북어가 사뭇 진지하게 감상하는 동안 나는 단문 한 줄을 힘겹게 완성했다.

'그 목걸이는 내가 그녀에게 선물한 것이 맞습니다.'

그녀는 제 아내보다 더 나에게 온 정성을 다해 돌보아주었습니다. 그 목걸이는 그 답례입니다, 란 말까지는 쓰지 않았다.

손에 힘을 풀자 볼펜이 바닥에 떨어졌다. 순간 뜨거운 눈물이 가슴에서부터 솟구쳤다. 아버지도 나를 위해 이렇게 힘들게 그림을 그렸을까? 붓을 입에 물고서……. 내가 치파오에게 고마움을 표현하기 위해 단문 한 줄을 힘겹게 완성한 것처럼. 내가 애써 외면했던 아버지, 그 아버지 그림 덕분에 비참하나마 내 삶을 유지하고 있다. 아버지의 그림은 지금도 경매를 통해 낙찰되고 있으며, 그 일을 아내가 전담하고 있다. 아내가 내 곁에 머문 까닭이다.

북어는 내가 온 힘을 들여 쓴 한 줄의 단문을 눈으로 훑으며 중얼거렸다.

외로운 마음을 노려 금품을 뜯어내는 꽃뱀인 줄도 모르고…….

북어가 한심하다는 듯 내뱉자, 풍채가 동조하듯 고개를 끄덕였다. 목적을 달성한 둘은 순자의 뒤를 따라 현관 쪽으로 멀어졌다.

바우덕이,
너를 닮은 사람

와이퍼가 긴 팔을 휘저으며 앞유리창에 쏟아지는 빗물을 쓸어 내렸다. 삐거덕 창문을 긁는 소리가 났다. 승철은 대시보드 옆에 고정해놓은 구체 관절 인형을 바라보았다. 인형이 아형을 축소해 놓은 미니어처 같다고 생각이 든 승철은 휴대전화기를 집어 들었다.

　뭐 하고 있었어?

　휴대전화를 든 승철의 시선은 대시보드 쪽으로 향해 마치 구체 관절 인형에게 묻는 듯했다. 전화기 너머로 아형의 음성이 새어 나 왔다.

　창가에 앉아 골목을 오가는 행인들을 바라보고 있어요.

　승철의 얼굴 위로 미소가 번졌다. 승철은 검정 뿔테 안경을 콧 등으로 밀어 올리며 물었다.

뭐 먹고 싶은 거 있니?

아형이 감자!라고 대답했다. 통감자 버터구이를 좋아하는 아형을 위해 몇 번이고 학교 앞 가게에 들렀던 기억을 떠올리며 승철은 변속레버에 손을 올렸다.

비가 와서인지 차는 가다 서다를 반복했다. 골목 입구에 차를 세운 승철은 편의점 문을 밀고 말했다.

십 분만 세우자. 십 분!

교수님, 우산요!

다급히 뛰어가는 승철의 등 뒤에서 편의점에서 아르바이트하는 제자가 우산을 흔들며 외쳤다. 승철은 뛰던 걸음을 멈추고 열 손가락을 엇갈리게 깍지 껴 우산처럼 위로 올리며 "그냥 뛰지 뭐!" 하고 굵어지는 빗속에서 소리쳤다. 막 돌아서려는데 희뿌연 편의점 유리창 너머에 아형을 닮은 여자가 진열대에 놓인 인형처럼 창가에 앉아 있는 모습이 보였다. 승철과 눈이 마주치자, 여자는 작별 인사처럼 손바닥으로 유리창에 도장을 찍었다. 여자가 아형 같았다. 승철은 눈을 끔벅이며 물기가 서린 안경을 콧등으로 밀어올렸다. '잘못 본 거겠지. 아형은 집에 있는데…….' 승철은 마음속 혼란을 느끼며 돌아서 뛰기 시작했다.

주문한 통감자 버터구이 두 봉지를 양손에 받아 든 승철이 다급히 나가려다 꼬마와 부딪혔다. 그 바람에 보듬고 서 있던 꼬마의 통감자 버터구이가 봉지째 와르르 쏟아졌다. 감자 알들이 빗물을 고물처럼 바르며 흩어졌다. 신발에 묻어 들어온 빗물 때문인지 가게 바닥은 지저분했다.

앞을 잘 봐야지!

승철은 소리가 나는 쪽으로 돌아보았다. 눈빛이 서글서글해 보인 남자가 꼬마에게 말하고 있었다. 큰 눈에 깊게 파인 쌍꺼풀이 꼬마와 판박이였다. 꼬마는 억울하다는 듯 울먹였다. 멋쩍어진 승철은 곧바로 다가가 꼬마의 키에 맞게 자세를 낮추며 방금 받아든 따끈한 통감자 버터구이 한 봉지를 꼬마 품에 안겨주었다. 미안하다는 말 대신 머리를 쓰다듬으며 위로했다. 남자가 다가와 꼬마의 어깨를 팔로 감싸며 물었다.

한승철 작가님 맞으시죠? 수염을 기르셔서 몰라뵙습니다. 몸은 괜찮으신가요?

승철은 안경을 밀어 올리며 남자를 바라보았다. 그는 몇 달 전에 학교 건널목 앞에서 승철을 칠 뻔했던 차 주인이었다. 승철은 괜찮다고 짧게 대답했다. 사실 괜찮은 건 아니었다. 날이 궂거나 비가 오는 날이면 뼈마디가 욱신거렸다. 그러나 오랜 시간 앉아 있는 직업이다 보니 그날의 사고가 원인이라고 할 수 없어 괜찮다고 말할 수밖에 없었다.

다행입니다. 이렇게 또 뵙게 되어 반갑습니다.

남자는 서글서글한 인상을 풍기며 말했다. 승철은 대충 인사를 주고받은 뒤 가게 문을 밀었다. 차양 아래 서서 굵은 빗줄기가 가늘어지길 기다리며 뛸 준비를 하고 있는데 남자가 뒤따라 나와 우산을 내밀며 말했다.

쓰십시오!

승철이 괜찮다고 사양하자 남자는 극구 우산을 주고는 꼬마를 안고 빗속을 뛰기 시작했다.

도로에 빽빽이 늘어선 자동차 행렬을 뚫고 집에 도착했을 때 통감자 버터구이는 이미 식어 있었다. 온기를 잃은 통감자 버터구이처럼 집 안은 어둠 속에 잠겨 있었다. 승철은 벽을 더듬었다.

아형!

아형이 보이지 않았다. 적막감이 감돌았다. 승철은 얼떨떨한 표정으로 집 안을 눈으로 더듬었다. 아형의 옷과 화장품, 신발과 머리핀, 칫솔…… 아형의 물건들이 보이지 않았다. 아형의 체취마저도 사라진 듯했다. 승철은 통화 버튼을 눌렀다. 한 시간 전에 통화했던 번호에서 '없는 번호'라는 답신이 돌아왔다. 잘못 누른 건가 싶어서 재차 연결해보았지만, 같은 응답이 되돌아왔다.

승철은 의자에 털썩 주저앉았다. 무의식중에 시선이 창가로 옮겨졌다. 언제부터 있었던 것일까? 구체 관절 목각인형이 창끝에 걸터앉아 승철을 빤히 바라보고 있었다. 아형이 인형처럼 작아져 승철을 바라보고 있는 것 같았다. 알 수 없는 불안감이 밀려왔다.

승철은 알 수 없는 상황을 묻듯이 인형을 뚫어지게 응시했다.

승철이 처음 아형을 만난 건 학교 앞 건널목에서였다. 출판사 편집장인 윤은 바쁜 승철을 종종 학교 밖으로 불러내곤 했다. 군이 학교로 오지 않고 학교 밖으로 불러내는 이유는, 승철이 알지 못하는 모교에 좋지 않은 기억이 있는 듯했다. 승철이 강의하고 있는 모교는 윤의 모교이기도 했다.

그날도 윤이 학교 앞 카페에 있다고 해서 만나러 가는 길이었다. 막 녹색 신호로 바뀌었을 때, 아형이 다급하게 찻길로 뛰어들었다. 미처 멈추지 못한 차가 급브레이크를 밟으며 경적을 울렸다. 거의 동시에 승철이 뛰어들어 아형을 밀쳤다. 아형을 구하느라 차에 치일 뻔한 승철은 공처럼 굴러 찻길에 나뒹굴었다. 겨우 옆구리를 잡고 힘겹게 일어서고 있는데 차에서 내린 남자가 뛰어와 승철의 몸을 부축해주며 물었다.

괜찮으세요?

남자의 얼굴빛은 백지장 같았다. 승철은 괜찮다고 대답하며 옷에 묻은 먼지를 털어냈다. 남자는 놀라고 걱정스러운 표정으로 안절부절못했다. 아형에게도 다가가 눈으로 살피며 다친 데는 없느냐고 물었다. 아형은 괜찮다는 의미로 목인사를 했다. 승철은 아형이 낯익다고 생각하며 돌아서 길을 건너려는데 남자가 황급히 다가와 명함을 건네며 말했다.

상태 봐서 연락 주십시오.

받아 든 명함을 호주머니 속에 찔러 넣고 가려는데 남자가 다시 물었다.

혹시 한승철 작가님 아닌가요?

승철은 대답 대신 신경 쓰지 말라는 의미로 팔을 휘저으며 서둘러 건널목을 건넜다. 승철이 건널목을 건너자마자 차들이 쌩쌩 달리기 시작했다. 고맙다고 말하려는지 아형이 뒤따라왔다. 승철이 걸음을 멈추자 아형도 따라 걸음을 멈추었다.

괜찮습니다.

승철은 무뚝뚝하게 내뱉었다. 상대의 기분을 고려하지 않은 성격임을 스스로 느낄 정도로 무뚝뚝하게 내뱉었다. 아형은 오뚝 서서 승철을 바라보았다. 승철은 자신의 성격을 변명하려는 듯 조금 더 신경을 써서 말했다.

괜찮으니 가셔도 됩니다.

애써 노력한 부드러움과 퉁명함이 뒤섞인 말투였다. 아형은 생머리를 찰랑거리며 가볍고 날렵한 걸음걸이로 한 걸음 다가왔다. 그리고 불쑥 무언가를 내밀었다. 승철은 뭐요? 하는 표정을 지으며 얼결에 받아 들었다. 아형은 방금 사고 날 뻔했던 일은 잊은 듯, 마치 뭔가를 전해주기 위해 뒤따라온 사람처럼 한껏 억양을 넣어 말했다.

이 인형극 제가 함메다. 보러 오시라요.

아형이 쑥 내민 건 공연 티켓이었다. 어리둥절 서 있는 승철을 두고 아형은 자못이 돌아섰다. 뭔가에 홀린 기분이었다. 건널목에서 아형을 처음 보는 순간, 낯익은 느낌이 스쳤다. 안성 바우덕이 사당 앞에 서 있는 동상의 여인과 놀랍도록 닮았다는 생각이 스쳤다. 그 여인의 우아한 자태와 부드러운 표정은 마치 시간의 흐름을 초월한 듯, 아형의 모습에서도 또렷하게 재현되고 있었다. 바람에 흩날리는 머리카락과 입가의 곡선이 서로를 이어주는 듯한 느낌을 주어 두 존재가 마치 한 몸처럼 느껴졌다. 너무 똑같아서 바우덕이가 환생한 건 아닐까, 착각이 들 정도였다. 멀어지는 아형의 뒷모습을 홀린 듯 바라보다 승철은 카페 유리문을 밀고 윤이 앉아 있는 테이블로 다가가 의자에 털썩 몸을 부렸다.

뭐야? 넘어졌냐?

부자연스러운 걸음걸이를 본 윤이 장난치듯 물었다.

하마터면 너도 못 보고 갈 뻔했다.

승철이 사고 날 뻔했던 이야기를 들려주자 윤은 승철의 상태를 묻고는 여자에 관해 이것저것을 채근하듯이 물었다.

이쁘던? 연락처는 받았어?

굳이 대답이 필요하지 않은 질문이란 걸 느꼈는지 윤의 입은 스스로 무거워졌다.

윤과 헤어진 뒤 택시에 몸을 실었다. 집에 돌아와 허리에 핫팩을 대고 누워 있자니 아형의 모습이 어른거렸다. 몇 년 전 승철은 강의를 요청받아 안성에 갔다가 청룡사에 있는 바우덕이 사당을 찾게 되었다.

사당 앞에는 관광객을 위해 간략한 설명 문구가 적혀 있었다. 안성 남사당패는 조선 후기 전국의 남사당패 중 으뜸이었으며, 흥선대원군이 경복궁을 중건할 때 바우덕이가 이끄는 남사당패가 공연을 펼쳐 지친 노역자들의 피로를 달래주었다. 이로 인해 바우덕이는 정 3품 당상관 벼슬에 해당하는 옥관자를 명예로 수여받았다. 바우덕이 사당은 2005년도에 건립되었다.

승철은 바우덕이 동상 앞에서 발이 얼어붙는 듯했다. 알 수 없는 감정에 이끌리듯 바우덕이 동상을 오랫동안 바라보았다. 그 길로 서울로 올라와 '복제인간 바우덕이'라는 제목으로 대본을 썼고 뮤지컬로 무대에 올렸다.

그 바우덕이를 아형이 닮았다는 것은 어디까지나 승철의 개인적인 생각이다. 바우덕이의 모습은 자료로 남아 있지 않아 각자의 상상 속에서만 존재했다. 동상 또한 그러했을 것이라는 상상으로 재현된 모습이었다.

승철은 벌떡 일어나 호주머니 속을 뒤졌다. 아형이 준 티켓은 탈북 아동들을 후원하기 위해 기획된 인형극 관람권이었고, 장소는 승철이 강의하고 있는 모교와 가까운 곳이었다.

바우덕이 동상과 아형의 모습이 겹쳐 떠오를 때마다 승철의 가슴은 조바심으로 요동쳤다. 그럼에도 불구하고 승철은 인형극을 보러 가지 않기로 결심했다. 일상대로 강의를 나가고, 남은 시간에는 밀린 원고에 몰두하며 마음을 다른 곳으로 돌리려 애썼다. 그 애씀이 무엇에 근거한 애씀인지도 모른 채. 애를 쓸수록 아형에 대한 궁금증은 점점 커져만 갔다. 결국, 승철은 그 이끌림의 원인을 알지 못한 채 공연장으로 향할 수밖에 없었다.

공연장은 허름한 주택건물의 지하 일 층에 자리 잡고 있었다. 좁고 음침한 공간은 마치 시간이 멈춘 듯한 정적이 감돌았다. 객석 중앙에 자리를 잡고 앉자, 마치 승철을 위해 준비된 공연처럼 막이 오르며 조명이 무대를 환히 밝혔다.

불빛이 비추는 무대 중앙에는 긴 거울이 놓여 있고, 그 앞에는 구체 관절 목각인형이 조용히 서 있었다. 음악이 흐르기 시작하자 노란 조끼를 입은 목각인형이 생명을 얻은 듯 움직이기 시작했다. 팔다리를 휘젓고 무릎을 꺾으며 주저앉기를 반복했다. 이때 두루마기를 입은 목각인형이 무대에 등장하자 조명이 그의 움직임에 맞춰 따라갔다. 두 인형의 시선이 마주치자 그들은 반가움에 자석처럼 서로에게 다가갔다가 멀어지고를 반복했다. 두루마기를 입은 목각인형이 거울 앞으로 다가갔다. 거울에 비친 자신의 모습을 보고 화들짝 놀라며 도망치듯 퇴장해버리자, 무대에 홀로 남은 노란 조끼를 입은 목각인형이 시무룩한 표정을 지었다. 그리고는 거울 앞으로 다가가 거울에 비친 자신의 모습을 들여다보았다. 거울 속에 비친 자신을 두루마기를 입은 목각인형인 줄 착각하고는 반가움에 어찌할 줄 몰라하며 두 팔을 거울 속으로 뻗었다. 그 바람에 와장창! 거울이 깨졌다. 노란 조끼를 입은 목각인형은 깨진 유리 조각들 속에서 두루마기를 입은 목각인형을 찾으며 어깨를 들썩였다. 짧은 무언의 인형극이었다.

아형은 인형 조종사였다. 관절 하나하나를 가는 줄로 섬세하게 조정했다. 그녀의 손끝에서 탄생하는 인형의 동작은 생명을 가진 것처럼 정교하고 유려했다. 승철은 아형을 만날 수 있을까, 하는 기대감에 부풀어 객석에 한참 동안 앉아 기다렸다. 그러나 누런 불빛만이 공연장 안을 어슴푸레 비추고 있을 뿐, 아무런 인기척이 들리지 않자 기대감이 서서히 사그라졌다. 승철은 포기하고 일어섰다. 그때, 코드 주머니에 양손을 찔러 넣은 아형이 모습을 드러냈다. 순간 승철의 심장은 덜컥 내려앉았다. 아형의 눈과 마주칠까 두려워 시선을 피하며 공연장을 서둘러 빠져나왔다.

화려한 불빛이 도심의 밤거리를 밝히고 있었다. 승철은 국밥집 앞에서 걸음을 멈추었다. 승철을 뒤따라 오던 아형도 함께 걸음을 멈추었다. 국밥집 안은 손님들의 웃음소리와 시끌벅적한 대화로 가득 차 있었다. 승철과 아형은 약속이라도 한 듯 마주 보고 앉았다. 테이블 위에는 주문한 음식이 나오고, 승철은 지글거리는 뚝배기에 밥공기를 뒤집어 고춧가루를 풀었다. 그 모습은 마치 자신의 일상에 집중하는 듯 보였다. 아형은 자신의 투명 유리잔에 소주를 채우며 인형극에 대해 이야기를 쏟아냈다. 취기가 오르는지 아형의 달뜬 음성에는 설렘이 가득했다. 승철은 국밥 한 그릇을 비우는 동안 말없이 그 이야기에 귀 기울여주었다.

한승철 작가님도 한 잔 하시라요.

승철이 놀란 눈빛으로 아형을 바라봤다. 어떻게 자신의 이름을 알고 있는지 궁금해하며 시선을 보내자, 아형은 미소를 지르며 대답했다.

혹시 한승철 작가님 아닌가요? 그때 그으…… 차 주인이 그렇게 묻지 않았슴메까?

아~ 그때, 그 사고 날 뻔했던…….

승철은 처음 아형을 만났던 날을 떠올리며 미소를 지었다. 순간, 두 사람 사이에는 과거의 인연이 새록새록 피어났다.

말 놓으시라요. 근데 그거…… 그 뿔테안경 되게 잘 어울린 거 모르시디요?

아형은 손가락으로 승철의 안경을 가리켰다. 혀가 꼬부라져 발음이 어눌했다. 그 모습은 어딘가 귀여운 매력이 있었다. 승철은 아형을 물끄러미 바라보았다. 그녀의 행동이 무례하게 느껴지기보다는 오히려 사랑스러웠다. 어느새 승철도 무장을 푼 군인처럼 국밥집 안의 소음 속에서 다른 손님들과 같이 수다스러워져 있었다.

거 목각인형이 거울에 비친 자신의 모습을 보고 팔을 뻗어 다가 가려다가 거울을 깨잖습니까? 그걸 보면서 내 방 창문이 떠올랐어요.

승철은 기분이 좋아 목소리 톤이 저절로 높아졌다. 아형은 반짝이는 눈으로 경청했다.

네모난 창문인데 길 쪽에 나 있죠. 가끔 행인들이 창문을 통해 내 방 안을 훔쳐볼 때가 있어요. 목각인형들이 거울을 보는 장면이 내 방을 기웃거릴 때의 행인들 같았어요. 하하.

아형은 공감한다는 듯 고개를 끄덕이며 말했다.

외로웠나 봅네다. 그 행인들도…….

아형의 뜬금없는 대답에 승철은 아형의 눈을 들여다보았다. 그 눈빛은 갑작스레 슬퍼 보였다. 어둡고 깊은 감정이 스치는 순간, 두 사람은 서로의 감정을 이해하는 듯한 묘한 정적이 흘렀다. 국밥집 소란 속에서도 둘은 서로의 마음을 나누는 특별한 순간을 공유했다.

그날 이후, 승철은 매일 인형극을 보러 갔다. 늘 앉던 자리에 앉아 똑같은 인형극을 보았지만, 전혀 지루하지 않았다. 그건 인형극이 아닌 아형을 보고 있었기 때문이었다. 공연이 끝나면 둘은 약속이라도 한 듯 국밥집으로 향했다.

승철이 물었다. 인형에게 거울은 어떤 의미냐고.

아형이 물었다. 창문은 승철에게 어떤 의미냐고.

질문 뒤 대답 대신 서로가 침묵했다. 대답이 필요 없는 질문이었기 때문이다. 말하지 않아도 알 수 있다는 것은 관계가 더욱 가까워졌다는 느낌을 주었다.

그래서일까? 어느 날 아형이 불쑥 승철을 찾아왔다. 허름한 골목에 서서 창문을 통해 승철의 방을 들여다보고 있었다. 그 골목은 비좁고 어두워 그늘에 가려져 있었다. 다닥다닥 붙어 있는 주택들 사이에서 쪽문으로 드나드는 사람들, 전봇대 밑에 아무렇게나 버려진 쓰레기 더미들, 그리고 고양이가 어슬렁거리고 터진 쓰레기 봉지에서 시큼한 냄새가 떠도는 곳. 그 골목에 서서 아형은 창문 안으로 고개를 내밀고 있었다. 승철은 헛것을 본 줄 알았다. 창가는 승철에게 휴식 공간이나 다름없었다. 글이 막힐 때마다 담배를 물고 서 있는 쓸쓸한 공간이었다.

승철의 방 안으로 아형이 들어왔다. 서로의 존재가 가까이 있다는 것이 신기하면서도 설렜다. 거리감을 허물고 싶었지만, 어색함과 두려움이 혼재한 감정만 가득했다. 아형은 승철의 빽빽한 책장에서 눈을 떼지 못했다. 기분이 좋은지, 의자에 풀썩 앉더니 발로 몸을 뱅글뱅글 돌리며 어린아이처럼 즐거워했다. 그런 아형을 보며 승철은 장난이 치고 싶어졌다. 승철은 골목 밖으로 나가 창문 안으로 우스꽝스럽게 얼굴을 들이밀었다.

어머나!

아형은 짐짓 놀란 척하며 까르륵 웃었다. 승철은 자신에게 어울리지 않는 장난을 쳐놓고 쑥스러워졌다.

승철과 아형은 마주 앉았다. 승철의 시선이 아형에게 고정되었다. 어색한 분위기를 깨고 싶어 애쓰는 아형의 말들이 들리지 않았다. 안고 싶다는 강한 마음에만 사로잡혀 어떤 말도 들을 수 없었다. 결국, 승철은 입술로 아형의 말을 틀어막고 말았다.

승철은 낮에는 강의를 나갔고, 밤이면 글을 썼다. 그러나 글쓰기에 전념하기는 쉽지 않았다. 시간이 지날수록 승철은 점점 게을러졌다. 강의가 없는 날에는 아형과 함께 종일 뒹굴기 일쑤였다. 아형은 책장에 꽂힌 책들을 한 권씩 꺼내 깊이 탐닉했다. 북한에서는 사주팔자에 관한 책조차 우상 숭배로 간주하여 다양한 책을 읽을 수 없었다고 했다. 아형은 검열받지 않고 책을 자유롭게 읽을 수 있는 지금의 상황이 너무나 행복하다고 했다.

인형 조종사인 아형이 어떻게 한국까지 오게 되었는지, 그리고 어떤 계기로 공연을 하게 되었는지는 언급하지 않았다. 승철도 그에 대해 묻지 않았다. 승철과 아형은 서로를 보듬고 따뜻한 체온을 나누며 대화를 나눴다. 주로 인형극이나 책에 관한 이야기였다. 승철은 아형의 이야기에 귀 기울였다. 아형은 마치 작은 새처럼 조잘거리며 자신의 생각을 쏟아냈다. 아형은 감명 깊게 읽은 책의 줄거리나 인상 깊은 문장을 시처럼 읊었다. 승철은 그에 맞춰 고개를 끄덕이며 호응해주었다.

바우덕이도 아형처럼 책을 좋아했을까?

승철은 문득 바우덕이에 대한 이야기를 아형에게 들려주고 싶다고 생각했다.

조선 최초의 여성 꼭두쇠가 있었어. 그녀는……

아형은 듣고 싶지 않은지 몸을 작게 말았다. 승철이 이야기를 계속하려 하자 아형은 승철의 입을 막듯 말했다.

봤씀메다. 선생님 뮤지컬……

승철이 무대에 올린 바우덕이 뮤지컬을 아형이 본 대로 설명하기 시작했다. 승철은 처음 듣는 이야기처럼 능청스럽게 경청했다. 아형을 등 뒤에서 끌어안은 채.

아형은 명동성당부터 명동예술극장까지 천천히 걸었다. 유동인구가 많은 거리에는 사람들의 웃음소리와 대화가 어우러져 북적거렸다. 아형은 그 인파에 섞여 상점과 음식점들을 눈으로 훑으며, 크고 작은 간판들이 줄지어 있는 혼잡한 거리를 느릿느릿 빠져나갔다. 명동예술극장 광장을, 뮤지컬을 보기 위해 모여든 관객들이 가득 메우고 있었다. 공연장은 널찍했고, 화려한 조명은 반짝이며 관객들의 시선을 사로잡았다. 아형은 구석진 자리 하나를 찾아 앉았다. 주변은 점점 더 많은 사람이 자리를 잡으며 왁자지껄한 분위기가 고조되었다. 무대에 웅장한 소리가 울려 퍼지자, 자연스럽게 정숙해졌다. 긴장감이 감도는 가운데, 아형은 서서히 다가오는 공연의 시작을 기다리며 가슴이 두근거리는 것을 느꼈다.

 S# 탁자가 놓인 무대 위, 스포트라이트가 두 남자를 비춘다. 작가는 자리에서 일어나, 긴장된 모습으로 관객과 박사를 번갈아 바라보며 연설하듯 말을 시작한다.

 작가 저는 안성에 갔다가 꼭두쇠 바우덕이라는 인물을 알게 되었습니다. (목소리에는 설렘과 경외감이 섞여 있다.) 그녀의 동상과 마주하는 순간, 바우덕이란 인물에 심취되고 말았습니다. 너무 심취한 나머지, 바우덕이를 닮은 여성을 보면 그녀가 환생한 것은 아닐까? 생각했습니다. (박사를 향해 몸을 돌리며 질문을 던진다) 박사님! 세상엔 누군가와 똑같이 닮은 사람이 실존할까요? 환생이라도 한 듯, 마치 복제된 사람처럼요? 전 뮤지컬이란 공간을 빌려 바우덕이를 환생시켜보려 합니다. 자료가 거의 없어 추측과 상상만으로 그녀를 쫓고 있습니다. 박사님! 생명과학으로 죽은 사람을 환생시킬 수 있을까요? 뼛조각이나 머리카락 같은 것으로 말입니다.

 S# 하얀 가운을 걸친 박사가 자리에 앉은 채 깊은 생각에 잠긴 듯한

표정으로 작가의 질문에 응답할 준비를 한다. 그의 눈빛은 진지하고 지식을 전하려는 의지가 가득하다. 박사는 잠시 침묵을 지킨 후, 작가의 질문에 진지한 목소리로 답한다.

박사 지금은 어렵지만, 훗날에는 가능할 수도 있겠지요. (박사의 눈빛은 깊은 사유에 잠긴 듯하다.) 하지만 작가님! 현재에도 바우덕이와 생김새는 다르지만 다른 형태의 바우덕이는 많습니다. 과거에는 신분 때문에 특히 여성이란 이유로 재능을 재능으로 인정받지 못하고 성적 수치심을 받으며 오로지 유희를 위한 꼭두각시로 취급당했습니다. 백오십 년이 지난 현재에도 크게 달라진 건 없습니다. (목소리가 점점 어두워진다.) 조건과 여건 때문에 기회를 얻지 못하고 유희 대상으로 또는 상품화로 전락하여 뜻을 펴보지도 못한 채 사라진 여성 예술가들이 존재하니까요. (말하는 박사의 표정에는 과거의 아픔이 여전히 현재에도 남아 있음을, 그것이 단순한 역사적 사실을 넘어 여전히 지속되는 사회적 문제에 대한 우려가 담겨 있다.)

S# 무대는 암흑처럼 깜깜해졌다가 서서히 밝아진다. 나무 장승이 시장 입구를 지키고, 공터에는 사람들이 몰려 서 있다. 시장 안은 초가집으로 지은 가게들이 늘어서 있고 사이사이 가마니를 깔고 앉아 물건을 파는 모습이 보인다. 실패와 노리개, 복주머니와 같은 것을 늘어놓은 방

물장수, 제기 그릇 장수, 채소와 곡물 장수, 생선과 건어물 장수들이……
왁자한 소리가 무대에 울려 퍼지고, 사람들이 나와 윷놀이, 제기차기,
널뛰기를, 하다가 퇴장한다. 각설이 패들이 몰려나와 태평소와 북, 꽹과
리와 장구로 한바탕 흥을 돋운 뒤 퇴장한다.

S# 무대가 다시 바뀐다. 겨울이 깊어 설을 앞둔 때, 대목장이 열린 시
장 중앙에는 비단을 파는 포목 전이며, 돼지고기 냄새가 풀풀 풍기는 국
밥집, 먼 지방에서 온 장사꾼들이 여기저기서 고함치는 소란스러운 모
습이 펼쳐진다. 시장 안은 북적거리고 사람들로 가득하다. 그 가운데,
때가 꼬질꼬질 낀 계집아이가 떡집 앞을 기웃거리고 있다. 참새가 방앗
간 앞을 맴도는 듯, 침을 삼키며 몰래 지켜보는 몰골은 거지꼴이다. 낡
은 무명옷은 때가 절어 있고 수북한 머리털은 산발이다. 그러나 검은 눈
동자만은 진흙 속에 숨어 있는 보석처럼 반짝인다. 계집아이가 주시해
서 바라보는 떡집에 곰방대를 물고 있는 영감이 등장한다.

나오셨습니까? 영감님!

부채로 파리를 쫓던 떡집 사장이 심술궂게 생긴 영감을 반기며 넙죽
허리를 굽힌다. 아랫마을에서 약재상을 하는 영감이다.

전에 내가 부탁한 거 어떻게 되었나?

영감은 인사도 받지 않고 다짜고짜 찾아온 용건부터 말했다.

내 사례는 톡톡히 할 테니 서둘러 알아보게.

여자를 중매해달라는 부탁이었다. 약재상을 하는 영감 아니랄까 봐

나이를 멀리하고 얼굴에는 개기름이 줄줄 흐르고 체력은 어지간한 머슴보다 기운이 펄펄해 보였다. 떡집 사장은 그간 여러 차례 중매를 성사해주었지만, 다들 몇 달을 못 버티고 달아나버렸다. 영감이 밤마다 여자를 발가벗겨놓고 몽둥이질을 하는 것이 이유였다. 그런 이유로 아무리 중매를 넣어보려 해도 다들 고개를 절레절레 흔들었다. 떡집 사장은 귓속말을 하려고 영감에게 다가갔다.

애가 셋 딸린 과부가 있긴 합니다. 얘들 밥만 배불리 먹여주면 자신은 아무래도 상관없다는군요.

영감은 썩 흡족하지 않은지 곰방대를 신경질적으로 뻑뻑 빨아댔다. 두 사람이 그렇게 대화에 열중하고 있는 사이 계집아이가 살금살금 다가가 물컹물컹한 인절미를 잽싸게 집어 치마폭에 감추었다. 막 달아나려 할 때.

이 못된 년!

어느새 매의 눈이 된 떡집 사장이 들고 있던 부채로 계집아이 등을 내리쳤다. 붙들린 계집아이가 몸을 움츠렸다.

훔친 것 이리 내!

떡집 사장이 계집아이를 밀치며 치마를 훌러덩 뒤집자 허벅지 맨살이 드러났다. 떡이 땅에 떨어지며 흙 고물을 발랐다. 영감의 시선이 계집아이 맨살에 머물렀다. 실눈을 뜬 영감이 입맛을 다시듯 곰방대를 빨아댔다. 눈치 빠른 떡집 사장이 묘한 미소를 짓더니 계집아이를 을러메기 시작했다.

네 이년, 내가 관가에 신고라도 하면 넌 끝이다. 도둑질이 얼마나 큰 죄인지 알아 몰라?

계집아이가 시커먼 땟국물을 손등으로 훔치며 애걸하는 사이 떼거리로 몰려다니는 남사당패들이 떡 판을 뒤엎으며 지나갔다.

저, 쳐 죽일 놈들! 거기 서라!

흥분한 떡집 사장이 남사당패들을 뒤쫓기 시작하자 계집아이는 이때다 싶어 냅다 뛰었다. 앞도 보지 않고 달리다가 짚더미가 쌓여 있는 곳에 몸을 웅크려 붙였을 때 두꺼비 같은 커다란 손이 계집아이 목덜미를 낚아채어 들어 올렸다.

방울만 한 게 제법 발이 빠르구나. 네 이름이 뭐냐?

꼭두쇠 윤치덕이었다. 윤치덕은 우연히 떡집 앞을 지나다가 당하고 있는 계집아이가 하도 딱해 일부러 사당패들을 풀어 떡판을 뒤엎어 시선을 돌리게 한 것이었다. 바우덕이는 그렇게 윤치덕의 도움으로 사당패들을 따라 청룡사에 오게 됐다. 청룡사 옆 불당골은 사당패들의 아지트였다.

사당패들은 전국을 누볐다. 어린 바우덕이는 청룡사에서 심부름을 하며 지냈다. 한적한 절에 가만있자니 방방곡곡을 누비며 다니는 사당패들이 부럽기만 했다. 아직은 용기도, 기예도 없는 바우덕이는 따라나서고 싶은 마음은 간절했지만, 입 밖으로 내색할 수가 없었다. 어서 겨울이 와서 무뚝뚝하고 속정 깊은 꼭두쇠와 말이 많지만 친절한 뜬쇠, 촐랑

대지만 늘 웃음을 주는 삐리들이 돌아와 불당골이 와자해지길 기다릴 뿐이었다. 바우덕이는 틈날 때마다 불당골 마당으로 쪼르르 가서는 땅에 줄을 긋고 줄타기 연습을 하곤 했다.

풀벌레 소리조차 멈춘 겨울 어느 날, 매운바람을 타고 풍악 소리가 멀리서 들려왔다. 소리를 듣고 바우덕이가 산봉우리에 올라섰다. 오색 깃발이 펄럭이고 꽹과리, 징, 장고, 북을 두들기는 사당패들의 무리가 보였다. 청룡사 쪽으로 무리 지어 다가온 남사당패들이 법석을 떨며 들어서더니 어깨에 짊어지고 온 짐들을 마당에 부렸다. 각 지방의 특산물들이었다. 스님들이 쫓아 나와 반겼다.

살아 돌아왔구나!

바우덕이는 보살 뒤에 숨어 구경했다. 윤치덕이 힐끔 바우덕이를 보았다.

많이 컸구나!

윤치덕의 혼잣말을 들은 바우덕이는 보살 뒤에 옴짝 몸을 웅크려 붙였다.

겨울을 나기 위해 사당패들이 돌아오자 조용한 절간은 사람 사는 곳처럼 생기가 넘쳤다. 신이 난 바우덕이는 풀방구리에 쥐 드나들듯 불당골을 오르락거렸다. 그런 바우덕이를 윤치덕이 불러 세웠다.

따라와!

바우덕이가 윤치덕을 쫄래쫄래 따라간 곳은 불당골 마당 한쪽에 연습을 위해 설치해놓은 공연 터였다. 윤치덕은 앞뒤 설명 없이 기초적인 기예를 설명하기 시작했다. 바우덕이가 땅에 줄을 긋고 혼자 연습하는 것을 여러 번 보았기 때문이다.

언 땅을 뚫고 어린 새싹이 눈 속에서 고개를 내밀자, 윤치덕이 사당패들을 불러 모았다.

몸도 근질근질한데 한판 놀아보자. 덕이야, 너도 따라나서거라!

피나는 연습을 해왔던 바우덕이는 뛸 듯이 기뻤다. 꼭두쇠 윤치덕이가 앞장서서 꽹과리를 힘차게 치며 걸진 음성으로 소리치자, 뜬쇠들이 북과 징을 울리며 화합의 장단을 맞췄다. 삐리들이 찬란한 깃발을 높이 들고 행렬을 이루고, 모여든 구경꾼들의 북적이는 발걸음들이 장터까지 이어졌다. 사당패들은 순식간에 장터를 축제 분위기로 만들었다. 뜨거운 열기 속에서 뜬쇠들이 상모를 돌리며 원을 그리자, 삐리들이 나무를 세우고 줄을 연결하며 무대를 만들었다. 빠르게 무대가 완성되자, 흰색 무명 저고리에 오색 띠를 두른 자그마한 계집아이가 종이꽃을 고깔모자에 꽂고 줄 위로 올라섰다. 모여든 구경꾼들은 가슴을 졸이며 숨죽인 채 지켜보았다. 계집아이는 줄 위를 마치 학처럼 우아하게 걸으며 다리를 쩍 벌려 하늘로 솟아오르기도 하고, 다시 내려앉기를 반복했다. 구경꾼들의 입은 다물어지질 않았다. 윤치덕이 소고를 줄 위로 던지자 계집아이가 받았다. 소고를 거머쥔 계집아이가 노래를 뽑자, 청아한 음성이 장터를 가득 메우며 사람들의 마음을 사로잡았다.

아리 아리랑 쓰리 쓰리랑 음음음 아라리가 났네

우리가 여기 왔다 그냥 갈 수가 있나

노래 부르고 춤추고 놀다-나 가세

서산에 지는 해가 지고 싶어 지느냐

날 두고 가신 임은 가고 싶어 가느냐

씨엄씨 잡년아 잠 깊이 들어라

문 밖에 섰는 낭군 밤이슬 맞는다.

아리 아리랑 쓰리 쓰리랑 음음음 아라리가 났네

흥이 난 구경꾼들이 어깨를 들썩거렸다. 따라 덩실덩실 춤을 추기도 하고, 배꼽이 빠지라 깔깔대었다. 장터 사람들이 구성진 가락에 맞춰 울다 웃다, 했다.

어매 잘한 것.

어매 우숴 죽겠네.

이런 날 아니면 언제 웃어본다요.

아이고 나도 모르겠소. 오늘만큼은 근심 걱정 내려 놓라요.

아나, 가져가서 삶아 묵어라.

멍석 위로 두 발이 묶인 닭이 날개를 퍼덕이며 날아와 꽂혔다. 엽전이 날아오고, 건어물과 보리쌀 자루가 그 위에 쌓였다. 구경꾼들은 어깨춤을 추며 서러움과 시름을 잊었다.

바우덕이가 열다섯 살 때 꼭두쇠 윤치덕이 명을 다하여 세상을 떠나자, 차기 꼭두쇠에 대한 격론이 벌어졌다. 꼭두쇠란 엄격하고, 위엄 있고, 관록과 통솔력이 있어야 맡을 수 있는 자리였다. 실력이나 재능으로 따지자면 바우덕이가 꼭두쇠가 되는 것에 누구도 이의는 없었다. 그렇지만 여성이라는 이유로 반대하는 이도 적지 않았다.

덕이 그 어린 계집을 꼭두쇠로 앉히자고?

못 들었어? 덕이가 소고만 쥐어도 돈 나온다고. 그 재주를 알아보고 여기저기서 서로 데려가려고 난리잖어. 우리 남사당패에 묶어두려면 꼭두쇠로 앉혀놔야 다른 데 못 갈 게 아닌가? 성깔도 있고 배포도 있는 것이 계집치곤 보통은 넘지 않는가? 치마만 둘렀지 덕이 고년이 여장부란 말일세.

난 죽으면 죽었지 계집을 꼭두쇠론 인정 못 하겠네. 존심이 있지.

며칠을 논의한 뒤에도 결론이 나지 않자 남사당패들은 거수로 결정하기로 했다. 결과는 무리 중 대부분이 바우덕이를 선출했다. 바우덕이는 실력과 능력으로 당당히 여성 최초의 꼭두쇠가 되었다.

꼭두쇠가 된 바우덕이는 남사당패를 이끌고 전국을 누비기 시작했다. 마을 입구에 당도하면 바우덕이는 종이꽃을 고깔모자에 꽂고 화려한 자태로 가마에 올랐다. 뜬쇠 한 명이 대표로 꽹과리를 치며 걸진 음성으로 소리치면 나머지 뜬쇠들이 북과 징을 치며 추임새를 넣었다. 삐리들은 상모를 돌리거나 깃발을 들고 뒤따랐다. 구경꾼들이 모여들며 소리쳤다.

바우덕이다!

바우덕이가 왔다!

어린아이들까지 알아볼 만큼 바우덕이는 유명한 인물이었다. 바우덕이를 보려고 구경꾼들로 행렬이 이어졌다. 마침 지나가던 도령도 호기심에 이끌려 무리에 몸을 섞었다. 남사당패가 장터에 이르자 바우덕이가 가마에서 내려 즉석에서 재주를 선보였다. 고깔모자 위에 흰 종이꽃을 꽂은 바우덕이가 소고춤을 추며 노래를 구성지게 뽑았다. 도령이 넋을 놓고 구경했다. 도령의 인물은 돋보였다. 바우덕이와 도령의 시선이 겹쳤다. 반복되어 시선이 겹치자 두 사람의 가슴에 불꽃이 일었다.

어느 마을이건 들어서면 사당패들이 왔다는 걸 마을에 알리기 위해 공연을 펼쳐야 했다. 또 앞으로 정식 공연을 하려면 지역의 관리나 유지를 만나 정식으로 허락을 받아야 했다. 유지의 협찬을 얻기 위해 청룡사에서 써준 부적을 보여주기도, 공연으로 얻은 수익금을 사찰에 바친다며 신앙심을 부추기기도 하며 곰뱅이트기를 성사시켜야 했다.

사당패들이 다리 밑에 행장을 풀 때. 지친 몸에서 나오는 앓는 소리는 마치 하루 종일 마을을 떠돌며 쌓인 피로의 자취처럼 들렸다. 그들의 공연은 몸으로 하는 예술이었고, 그 뒤에 남은 건 허기와 고독뿐이었다. 바우덕이도 예외는 아니었다.

지친 사당패들을 뒤로한 채, 바우덕이는 쉬는 틈도 없이 무거운 몸을 이끌고 마을의 지주 윤 진사 댁으로 향했다. 따라나서려던 뜬쇠에게 다리 밑을 부탁하고 홀로 터벅터벅 발걸음을 옮겼지만, 윤 진사는 바우덕이를 만나주지 않았다. 바우덕이는 실망한 채 돌아섰다.

동백꽃이 울창하게 피어 있는 언덕에 이르자, 다리 밑에 행장을 푼 사당패들이 보였다. 바우덕이는 더는 걸음을 옮길 수 없어 풀썩 주저앉았다. 붉은 동백꽃과 초저녁 노을빛이 어우러져 세상이 온통 붉게 보였다. 도령은 언제부터 바우덕이를 뒤따랐던 것일까? 바우덕이 곁에 다가와 앉았다.

저녁은 먹었느냐?

상기된 도령의 얼굴이 봉숭아 물든 듯 붉었다.

저 동백 꽃잎이나 따 먹으렵니다.

그것 먹고 공연이 되겠느냐?

안 부른들 별수 있겠습니까? 저희 같은 신세가.

말버릇이 삐딱하구나.

산전수전 두루 겪어, 겪은 대로 말버릇도 닮나 봅니다.

도령이 말없이 찰랑거리는 엽전을 건넸다.

얼마 안 된다. 가난한 양반이라 부끄럽구나.

양반은 가난을 부끄러워하지 않는다고 알고 있습니다. 사양 않겠습니다. 꼭두쇠가 식솔들을 굶기는 일이야말로 부끄러운 일이니까요. 대신에 저 동백꽃처럼 절 꺾으십시오.

산전수전만 겪은 게 아닌 모양이구나? 이쁜 입이다. 앞으론 이쁜 말만 하거라. 처음 보았다. 너처럼 타고난 재주꾼을…….

저도 처음입니다. 제게 그런 따뜻한 말을 해주신 분은…….

도령과 바우덕이의 눈빛이 부딪히며 노을처럼 붉게 타올랐다.

며칠을 헛걸음만 치게 하던 윤 진사가 꼭두쇠 바우덕이와의 독대 대신 사당패들을 자신의 집 행사에 초대했다. 윤 진사의 집 마당에 사당패들이 한가득 들어차 상모를 돌리고, 꽹과리를 두들기고, 춤과 노래로 흥을 돋웠다. 정자에 술상을 차려놓고 앉아 구경하고 있던 윤 진사가 호령하듯 말했다.

어디 네 술 한잔 받아보자.

바우덕이가 정자로 올라가 윤 진사의 잔에 술을 따랐다.

네가 날 보자 한 이유가 뭐냐?

곰뱅이트기를 해주십시오.

곰뱅이트기라!

윤 진사의 눈이 바우덕이의 전신을 훑었다. 들은 대로 절세미인이라고 생각했다.

오늘 밤 날 찾아오너라. 곰뱅이트기에 대해 논의해보자.

그날 밤 바우덕이는 윤 진사 집에 가지 않았다. 야심한 밤에 찾아오라는 것은 곰뱅이트기 조건으로 무얼 요구할지 알기 때문이었다. 바우덕이는 도령이 한 말이 생각났다.

이쁜 입이다. 앞으로 이쁜 말만 하거라. 처음 보았다. 너처럼 타고난 재주꾼을……

사당패들이 간밤에 마을을 떠나버렸다는 소식을 들은 도령은, 마치 모든 것이 몸에서 빠져나간 듯한 허전함을 느꼈다. 마을은 고요하고 텅 빈 느낌이었고, 바우덕이가 떠나면서 도령의 마음마저 빼앗아 간 듯했다. 도령은 마음의 갈피를 잡을 수 없었다. 도령은 기대에 못 미치는 자식이었다. 해야 할 공부는 외면한 채 틈만 나면 장터로 나가 놀이패들 뒤나 쫓아다니며 서책이라고 읽는 이 풍자소설뿐이었다. 도령에게는 양반의 신분이 굴레 같았다. 도령은 산에 들어가 공부에 열중하겠다는 핑계를 대며 짐을 챙겨 집을 나섰다. 여성 꼭두쇠가 이끄는 사당패들이 있다는 소문을 듣고 그들을 찾아갔지만, 마을에 도착했을 때는 이미 바우덕이 떠난 뒤였다.

그렇게 일 년 가까이 뒤쫓다가 도령이 바우덕이를 만난 곳은 청룡사였다. 사당패들은 겨울을 나기 위해 친정 품과 같은 청룡사에 머물고 있었다. 청룡사에 당도한 도령은 경내를 훑다가 불당골 마당 뜰에 핀 동백꽃에 넋을 놓고 있는 바우덕이를 발견했다.

덕아!

바우덕이 귀에 도령의 음성이 들렸다. 도령을 생각해서 도령의 목소리가 들리는 것, 이라고 생각했다.

덕아!

환청인가! 바우덕이는 고개를 들었다. 봇짐을 진 남루한 차림의 도령이 눈앞에 서 있었다. 도령의 행색은 영락없는 거지꼴이었다.

네가 내게 머물 수 없다면 내가 너에게 가마. 어떠냐? 나도 사당패들과 한 판 놀아보자! 너와 함께라면 그것도 나쁘지 않으리.

도령은 그렇게 말한 듯 서 있었다. 바우덕이 눈에 눈물이 그렁그렁 맺혔다.

도령과 바우덕이는 세상을 다 가진 듯 행복했다. 어디든 땅을 일구며 새끼를 낳고 살아도 여한 없을 것 같았다. 양반이 무어고. 권세가 무어고, 재능이 무언가. 함께 있고 싶은 사람과 함께 사는 일만큼 중한가.

그러나 이미 바우덕이는 청룡사에 왔을 때부터 병을 앓고 있었다. 몸은 수수깡처럼 앙상해져 있었다. 바우덕이 마음에 도령이 있었다. 도령을 마음에 품어 용기가 되는 날도 많았지만, 힘든 날도 많았다. 공연을 펼치려면 곰뱅이트기를 해야 했다. 마을의 권세가나 유지들은 바우덕이를 유희 대상으로밖에 보지 않았다. 그 공인된 힘에 저항하느라 배고팠다. 병까지 얻었다. 곰뱅이트기를 하려면, 식솔들의 배를 책임지려면 그러면 안 됐다. 그러나 저항했다. 때로는 타협했다. 청룡사로 돌아온 바우덕이는 마음을 놓자 시름시름 앓기 시작했다. 스님은 동백나무로 만든 망치를 문 앞에 걸어놓았다. 병마와 귀신을 쫓는 예방책이었지만 효험은 없었다.

도령의 사랑도 다가오는 죽음만은 내쫓지 못했다. 바우덕이는 피를 토했다. 핏물이 든 무명옷이 동백꽃처럼 붉었다.

도련님, 문 좀 열어주세요.

도령이 방문을 열었다. 바우덕이가 도령의 어깨에 기대어 동백꽃을 바라보았다. 불당골 마당 가에 핀 동백꽃은 한 폭의 그림이었다. 바우덕이가 시를 읊듯 중얼거렸다.

동백꽃은 질 때 봉오리째 떨어져요.

계절이 동백꽃에 묻네요. 언제 죽을 거니?

꽃봉오리가 대답하네요. 하루만 더 살게.

계절이 다시 와서 독촉하듯 묻네요. 오늘 죽는다고 하지 않았어?

꽃봉오리가 대답하네요. 딱 하루만 더 살면 안 될까?

도령이 대답했다.

꽃은 져도 동백나무는 살아 있어. 내년에 다시 필 거야.

그렇게 말하고 있는 도령의 가슴으로 꽃봉오리가 떨어졌다. 바우덕이의 고개가. 스물세 살 꽃처럼.

도령은 언 땅을 팠다. 스님과 남사당패들은 장작불을 지폈다. 불길이 일자 피 묻은 무명옷을 장작불에 던졌다.

잘 가라!

스님이 합장했다. 함께 고생한 뜬쇠, 삐리들이 눈물을 훔쳤다. 활활 타오르는 불길 속에서 붉은 옷이 오글오글 줄어들며 기어이 재가 되어 날아올랐다. 재는 진눈깨비로 변했다. 도령이 하늘을 올려다보았다. 하얀 진눈깨비가 말했다.

딱 하루만 더 살고 싶어!

도령이 청룡사를 떠나던 날도 진눈깨비가 내렸다. 진눈깨비는 도령과 헤어지고 싶지 않은지 주위를 맴돌았다. 청룡사를 내려가는 도령의 품에는 바우덕이의 머리카락이 있었다. 언제까지나 바우덕이와 함께하려는 듯.

S# 조명이 꺼졌다가 다시 밝아진다. 무대에는 한복을 입은 도령과 흰 가운을 입은 생명과학 박사가 서 있다. 도령은 품에서 소중한 것을 꺼내 박사에게 건네며 말한다.

도령 박사님, 이 머리카락으로 덕이를 복제해 환생하게 해주십시오.
박사 도령, 나는…….

S# 도령은 박사의 말을 막듯, 진눈깨비가 날리는 무대 한가운데로 걸음을 옮기며 시를 읊듯 말한다.

도령 박사님! 저길 보십시오. 저 진눈깨비가 청아한 음성으로 노래를 부르고 있습니다. 그 음색은 마치 겨울의 차가운 공기를 뚫고 따뜻한 감정을 전하는 듯합니다. 노래 가사는 민초들의 마음을 그대로 담고 있습니다. 민초들이 열광하는 이유입니다. 민초들은 저마다 일상을 잠시 잊고 굽은 허리를 펴며 장단에 맞춰 춤을 추고 있습니다. 저 하회탈 같은 얼굴이 흥겨움으로 물들어 있습니다. 바우덕이의 노래와 재주는 단순한 오락을 넘어, 민초들의 마음을 위로하고 소통하는 예술 행위였습니다. 그러니 박사님, 제발…….

S# 스포트라이트 조명이 진눈깨비를 비춘다. 흩날리던 진눈깨비가

무대 바닥 위로 떨어진다. 꽃봉오리처럼.

헉!

승철은 화들짝 놀라 잠에서 깼다. 아형을 생각하다 잠이 들었다. 꿈에서는 아형을 끌어안고 있었다. 하지만 꿈에서 깨어보니 아형이 아닌 목각인형이었다. 섬뜩한 꿈에서 깬 승철은 식은땀을 닦으며 창가로 다가갔다. 골목을 맴도는 고양이와 눈이 마주쳤다. 고양이는 무덤처럼 쌓여 있는 쓰레기 더미를 발톱으로 헤집고 있었다. 승철은 휴대전화기 통화 버튼을 눌렀다.

사람 좀 찾아줘라!

승철이 대뜸 말하자, 한밤중에 무슨 소리냐며 윤이 잠에서 깬 목소리로 물었다. 승철이 대강 설명하자, 윤이 졸린 목소리로 말했다.

아, 그때 그 여자? 하나원에 가보든가!

날이 밝자마자 모교 앞에 있는 편의점부터 들렀다. 빗속에서 얼핏 보았던 여자가 아형 같았기 때문이다. 그러나 그 여자가 아형이라 해도 이때까지 있을 리가 없었다. 편의점을 나와 하나원으로 향했다. 하나원에서는 개인 신상 정보라며 알려줄 수 없다고 했다. 승철은 허탈한 심정으로 아형이 인형극을 했던 공연장으로 향했다. 그곳에서 근무하는 직원을 통해 아형의 주소를 알아낼 수 있었다.

승철은 주소를 들고 안양으로 향했다. 주소에 호실이 적혀 있어 고시촌일지도 모른다고 생각했는데 가서 보니 여관이었다. 주택 입구에 슈퍼와 문구점, 정육점과 세탁소가 밀집해 있었고, 중심에서 벗어나 여관들이 밀집해 있었다. '동백'이라는 간판을 찾아 안으로 들어섰다. 접수 창구에 불이 켜져 있었지만, 사람은 보이지 않았다. 승철은 법당 마루를 밟듯이 계단을 올랐다. 이 층 복도 끝에서 걸음을 멈춘 승철은 노크할까 고민하다가 손잡이를 비틀었다. 문이 스르르 열렸다. 더듬어 불을 켜는 동안 목덜미를 잡아당기는 것처럼 신경이 곤두섰다.

그곳에도 아형은 없었다. 승철은 낯선 방에 서서 티브이와 이불, 옷과 가방 등을 일별했다. 벽에는 아형의 것으로 추측되는 원피스가, 원피스 위에는 모자가 걸려 있었다. 마치 아형이 모자를 쓴 채 벽에 매달려 있는 것만 같았다. 모자를 들치면 아형의 얼굴이 있을 것만 같은 섬뜩함을 주었다.

서둘러 방을 나와 여관 복도를 성큼성큼 걸어 나오는데 남녀 둘이 마주 걸어오며 두런거렸다. 여자는 여관 관리인 같았다. 승철은 한쪽으로 비켜서며 길을 터주었다. 그들은 아형의 방 앞에서 걸음을 멈추었다. 승철도 가던 걸음을 멈추었다. 수첩을 든 남자가 볼펜으로 자신의 관자놀이 부분을 툭툭 치며 말했다.

왜 문이 열려 있습니까?

오신다고 해서 환기도 시킬 겸 좀 열어두었지요.

차아형 씨가 방을 뺀 건가요?

그런 건 아니고요. 그냥 제게 키를 맡겨놓고 다녀서요. 귀중품
도 없고 하니까 가끔 청소나 해달라고 맡겨놓은 거예요. 근데 무슨
일로?

차아형 씨가 남편의 사망보험금을 청구해서 혼인 관계 사실을
확인하기 위해 조사하러 나왔습니다.

승철은 다리가 휘청거리며 현기증이 일었다.

보험사 직원이 여자에게 물었다.

아무리 귀중품이 없다 해도 키를 맡겨두고 다닌다는 건 좀 이상
한데요?

방세도 못 내고 있어서 제가 신경을 좀 써줬더니…….

보험사 직원이 여자를 바라보자, 여자가 난처한 듯 말했다.

아 거, 하도 딱해서요. 방세가 밀릴 때마다 손님을 받게 해줬거
든요.

승철은 귀를 막듯 서둘러 여관 문을 밀고 밖으로 나왔다. 바람
이 스산하게 불었다. 한 꺼풀 옷을 껴입어야 할 것 같은 날씨였다.
낙엽이 바람 가는 방향으로 오르르 굴렀다. 곧 겨울이 닥칠 기세였
다. 승철은 옷섶을 여몄다.

강의마저 그만두고 은둔 생활을 시작한 지 거의 일 년이 되어가
고 있었다. 승철은 집필하는 데만 온 힘을 쏟으며 마음을 치유하고

있었다. 그러던 중, 한 통의 전화를 받게 되었다.

안녕하세요. 한승철 작가님!

누구신지?

전화한 쪽은 자동차와 통감자 버터구이를 매개로 승철과 두 번이나 만났던 남자였다. 승철은 그가 어떻게 자신의 휴대전화 번호를 알고 연락했는지 의아했다. 그의 목소리는 친근했다. 마치 예전부터 자주 연락하고 지낸 친구처럼 자연스러운 대화의 흐름이 이어졌다. 승철은 그의 큰 눈과 부드러운 인상이 떠올랐다.

해외 출장 가서 그 여성분을 만났거든요. 그래서인지 선생님이 생각났습니다.

승철은 무슨 말인지 몰라 침묵했다.

한국문화의 밤 행사 취재를 위해 체코에 갔다가 개막 축하 공연으로 인형극을 보게 되었습니다. 그런데 인형 조종사가, 전에 건널목에서 선생님이 구하려다 사고 날 뻔했던 그 여자였습니다.

그는 그녀와 저녁 먹을 기회가 있어 그녀와 많은 대화를 나누게 되었다며, 그녀와의 대화 내용을 승철에게 전했다. 그는 무슨 이유에선지 의무감처럼 꽤 길게 그리고 상세하게 전해주었다.

그녀는 탈북 후 중국 농촌으로 팔려갔다가 어렵게 도망쳐 한국에 들어왔다. 한국에 들어와 안마소에서 일하며 손님과 결혼했지만, 잠수부인 남편이 일하던 중 일산화탄소 중독으로 사망하자, 사망보험금을 챙겨 인형극의 본고장인 체코로 무작정 떠났다는 내용이었다.

그는 왜 승철에게 아형의 이야기를 들려주는 것일까? 팬이라서, 아니면 두 번 만난 인연 때문에? 아무래도 상관없었다. 그런데 아형은 왜 잘 알지도 못하는 그에게 자신의 개인적인 이야기를 털어놓았던 걸까? 아형은 혹시 승철을 아무 말 없이 떠나게 되어 내내 마음에 걸려던 것은 아닐까? 그래서 자신의 이야기를 누군가에게 털어놓았던 것은 아닐까? 어떤 인연으로든 그 이야기가 승철에게 전달되길 바라며. 아형은 왜 그 먼 곳까지 떠난 것일까? 승철을 속인다고 생각해서 그렇게 훌쩍 떠날 결심을 하게 된 것일까?

전혀 기대하지 않은 곳에서 아형의 소식을 듣게 되었다. 그의 통화로 승철은 오랫동안 앓고 있던 감기가 나은 듯했다. 승철은 새로워진 기분과 몸을 창가에 세웠다. 실눈을 뜨고 밤하늘을 올려다보았다. 까만 하늘에 송송 박힌 별들에서 악기 소리가 들리는 것 같았다. 뚝딱뚝딱 장단에 맞춰 수많은 별이 아형이 당기는 실에 의해 소고춤을 추는 것 같았다. 그 수천만 개의 별들이 아형 너를, 바우덕이 너를, 닮은 것 같았다.

승철은 일상으로 돌아왔다. 강의를 마친 승철은 청룡사로 차를 몰았다. 바람에 실려 온 동백꽃 향기가 승철의 마음을 따뜻하게 감싸안았다. 눈앞에 펼쳐진 풍경은 마치 시간이 멈춘 듯, 아형과 함께했던 순간들을 떠올리게 했다. 차장을 열자 동백 꽃잎들이 바람에 흩날리며 승철의 마음속 깊은 곳에서 그리움이 피어났다.

청룡사에 이르자, 그곳의 고즈넉한 분위기가 승철을 맞아주었다. 고요한 사찰의 경내는 마치 아형의 웃음소리로 가득 찬 듯 느껴졌다. 승철의 손에는 통감자 버터구이가 들려 있다. 마치 청룡사에 아형이 있기라도 한 듯 올 때마다 통감자 버터구이를 사 오곤 한다.

바우덕이도 통감자 버터구이를 좋아했을까?

승철은 자신이 전생에 바우덕이를 사랑했던 도령일지도 모른다는 생각이 들었다. 아형과의 연결고리인 청룡사에서 아형을 그리워하는 자신의 모습은, 마치 과거와 현재가 교차하는 지점에 서 있는 듯했다. 동백꽃의 섬세한 향기가 고요한 사찰의 공기와 어우러져, 아형을 그립게 했다. 동백꽃 향기는 아형 같았다. 승철은 그리움을 깊게 들이마셨다.

순간, 과거와 현재가 뒤섞이는 듯한 특별한 기분이 느껴졌다.

집으로

살다 보면 상치되는 날이 있다. 예를 들어 할머니 생신과 부모님의 제사와 영옥의 첫 수업이 같은 날인 것처럼.

쪽창으로 새벽을 알리는 빛이 희뿌옇게 스며들 즈음 깜짝 놀랄 만큼 우렁찬 알람이 갑작스럽게 울렸다. 영옥은 잠결에 팔을 뻗어 침대맡을 더듬었다. 둔탁한 소리와 함께 알람이 마치 비명을 지르듯 자지러졌다. 영옥의 팔이 헛스윙을 하는 바람에 침대맡에 놓아둔 휴대전화기가 바닥으로 낙하한 탓이었다. 영옥은 이불을 끌어 덮고 귀를 막았다. 새벽 네 시가 너무 이르다고 생각했지만, 설레는 마음으로 무리하게 설정해놓은 알람이 말썽을 부리고 있었다. 한참을 뒤척이다가 겨우 휴대전화기를 집어 들어 알람 정지 버튼을 눌렀다. 때를 맞춘 듯 문자가 날아들었다.

영옥아, 오늘이 무슨 날인지 알지야? 인제 그만 집으로 들어오너라. 할머니도 예전 같지 않으시다.

따듬작따듬작 겨우 글을 뗀 할아버지가 보낸 나름의 장문의 문자였다. 영옥은 몇 자 되지 않는 문자를 멍하니 읽기를 반복한 뒤, 마치 두부 여덟 모를 붙여놓은 듯한 크기의 쪽창을 열었다. 길 위에는 두껍게 쌓인 눈으로도 모자라는지, 세찬 바람이 눈발을 이리저리 매섭게 내동댕이치고 있었다. 눈발이 영옥의 볼을 때렸다. 영옥은 더운 김을 허공에 허옇게 내뿜으며 대사를 읊듯 혼잣말을 했다.

안녕, 얘들아! 음음- 아아- 안녕하세요. 오늘부터 제가 여러분들의 그림을 지도할 거예요. 선생님 이름은 이영옥이에요. 잘 부탁해요.

영옥은 오래전부터 혼자 말하고 혼자 대답하는 버릇이 생겼다. 매서운 눈발이 대답이라도 하듯 영옥의 볼을 스쳤다.

이제 더 이상 외로움에 상처받을 만큼 약하지 않아! 다 잘 될 거야!

영옥은 쪽창에 팔꿈치를 괸 채 또다시 중얼거렸다.

마스크로 얼굴을 가린 영옥은 두려움과 설렘을 안고 조심스레 현관문을 열었다. 특수학교에서의 미술 수업 프로그램을 맡게 되어 첫 출근 날이었다. 영옥은 지적장애 아동에 대한 경험이나 지식이 전혀 없었다. 그저 기본적인 정보만이 영옥이 아는 전부였다. 아동들을 이해하기 위해 지적장애 수업 구조 분석과 관련된 전문서적과 연구 사례가 담긴 책들을 며칠 동안 읽으며 씨름했지만, 어려운 용어로 설명된 이론만으로는 아이들을 이해하는 데 도움이 되지 않았다. 일단 부딪혀보기로 했다.

코로나19 바이러스로 마스크 착용이 일반화되지 않았다면, 화상을 입은 영옥은 직장을 구하기 위해 이력서를 제출하고 면접을 보는 번거롭고 두려운 과정을 시도조차 하지 못했을 것이다. 영옥은 현관문을 열 때조차도 주변에 사람들이 있는지를 살폈다. 외출할 때는 어둡고 한산한 길만 골라 다녔다. 화상으로 인해 얼굴 한 면이 뒤틀린 흉터가 생긴 영옥은 사람들의 시선을 두려워했다. 영옥의 얼굴을 본 사람들은 놀라서 도망치듯 발걸음을 재촉했다. 그런 상황이 반복될 때마다 죽고 싶다는 생각이 들었다. 죽을 용기조차 없는 영옥은 달팽이처럼 몸을 숨겼다.

은둔한 삶은 낡은 가구가 방 안에 덩그러니 놓인 것과 같았다. 인생을 다 살았다고 생각하는 노인들의 삶과 다르지 않았다. 영옥은 온종일 초점 없이 TV만을 의지하며, 사람들의 기운을 그리워했다. 영옥에게 TV는 생명의 온기이자 세상과 소통하는 매개체였다.

우한에서 시작된 바이러스는 전 세계를 휩쓸었다. 처음에는 곧 사라질 감기 바이러스쯤으로 생각했지만, 기약 없이 지속됐다. 영옥은 마스크 속에 갇힌 사람들의 얼굴을 보았다. 하나같이 똑같은 모습이었다. 영옥이 흉터를 가리기 위해 마스크를 썼을 때는 영옥의 모습만 도드라져, 쏟아지는 시선을 어찌해야 할지 몰랐었다. 마스크는 환자나 신분을 노출하고 싶지 않은 범죄자들이 쓰는 복면 쯤으로 인식되어 있었기 때문이다.

그러나 마스크 착용이 당연시되면서, 마스크를 쓴 인류의 새로운 얼굴이 생겨났다. 개성과 특징이 없는 마스크 속에 갇힌 얼굴들이었다. 이제 마스크를 쓰고 거리로 나가도 사람들은 영옥을 이상하게 보지 않았다. 이런 경우에 이런 표현을 쓰곤 한다.

'비가 올 때는 우산 장사가 좋고, 해가 뜰 때는 고무신 장사가 좋다.'

이는 적절하지 않다. 오히려 이런 표현이 더 맞지 않을까.

'절망 속에서도 희망은 있다.'

깜깜한 어둠 속에서도 빛은 존재하기 때문에.

미끄러운 도로 위를 승용차들이 철컥철컥 소리를 내며 지나갔다. 눈길에 미끄러지지 않기 위해 자동차 바퀴에 스노체인이 감겨 있었다. 만약 삶에도 체인을 감을 수 있다면, 그래서 위험과 불행을 미리 방지할 수 있다면 얼마나 좋을까? 영옥은 체인이 감긴 승용차들을 바라보며 교통사고로 먼저 세상을 떠난 부모님이 생각났다. 얼굴조차 기억나지 않는 부모님이.

영옥은 세 살 때부터 과일 노점상을 하는 할아버지 할머니에게 맡겨졌다. 영옥을 바라보는 노부부의 시선은 항상 젖어 있었다. 행여나 상처를 입거나 부족함이 있을까 노심초사하는 눈빛이었다.

그런 애잔한 눈길이 어린 영옥의 마음에도 무겁게 느껴졌던 것일까? 말수가 적어진 영옥은 그림만 그렸다. 노점상을 하는 할아버지, 할머니를 따라다닐 때도 항상 손에는 크레파스와 스케치북이 들려 있었다.

피는 못 속인다더니!

할머니는 그런 영옥을 바라보며 입버릇처럼 말하곤 했다. 아들의 예술적 재능을 이어받은 손녀에게서 죽은 아들의 모습을 찾고 있었다. 노부부에게 영옥은 여러 감정을 불러일으키는 존재였다. 재래시장 뒤쪽 한적한 골목에 자리 잡은 노부부의 집은 이름 없는 작은 화방 같았다. 돌아가신 아버지의 그림과 화구들이 세월의 때가 묻은 채로 가득했다. 그것은 노부부에게 소중한 물건들이었다.

노부부는 검소했지만, 손녀에게는 아낌이 없었다. 덕분에 영옥은 서양화과에 입학할 수 있었다. 졸업한 후에는 노부부의 도움으로 작은 작업실도 마련할 수 있었다. 온전히 작업에 전념할 수 있는 공간은 반지하였지만, 천장에 매달린 전등은 영옥의 창작 열기로 꺼질 날이 없었다.

반지하의 수도관은 부식될 정도로 낡아 수돗물이 자주 얼었다. 영옥은 외풍이 스며드는 작업실에서 손을 호호 불어가며 그림 그리기에 열중했다. 그런 손녀를 지켜보며 노부부가 살아온 삶을 회고하듯 말했다.

한평생 몸을 게을리하지 않았건만, 변변한 작업실 하나 얻어줄 수 없으니⋯⋯.

　　노부부가 석유난로를 싣고 왔다. 누군가가 버린 것을 주워 온 것이었다. 낡은 난로였지만 할아버지의 손길이 거치자 꽤 쓸 만한 모습이 되었다. 작업실 가운데에 놓인 난로는 몇 번 기침을 토해낸 뒤 매캐한 기름 냄새를 풍기며 붉은 열꽃을 피워 올렸다. 영옥은 환희에 찬 표정으로 난로 앞 의자를 끌어당겼다. 펼친 손바닥을 통해 열기가 온몸으로 퍼졌다.

　　할머니는 스테인리스 주전자에 물을 가득 담아 난로 위에 올렸다. 그사이 할아버지는 영옥의 그림을 감상했다. 주전자에서 물이 쉭쉭 소리를 내며 훈김을 내뿜자, 셋은 원통형 찻잔을 양손으로 모으며 난로 주변에 둘러앉았다. 머그잔 속에서 구수한 향이 은은하게 피워 올랐다. 할머니는 해마다 옥수수를 자루째 사다가 알갱이를 뜯고 말린 뒤 볶아 고소한 옥수수 차를 만들었다. 옥수수 차는 따뜻한 할머니의 마음 같았다.

　　피는 못 속인다더니!

　　작업실 현관문을 나서며 할머니가 중얼거렸다. 손녀를 걱정하는 마음에 발이 떨어지지 않아 뱉은 말이었다. 할머니가 입버릇처럼 하는 말을 들을 때마다 영옥은 아버지의 환영이 된 기분이 들었다. 먼저 나가 트럭에 시동을 걸어놓은 할아버지가 배웅 나온 영옥을 보며 신신당부했다.

불 조심해. 과열하지 말고. 자기 전에는 꼭 *끄고!*

네, 걱정 마세요. 할아버지!

영옥은 트럭 창에 비친 노부부의 희끗희끗한 흰머리가 보이지 않을 때까지 골목에 서서 손을 흔들었다.

난로는 영옥에게 많은 위로가 됐다. 불이란 몸만 데워주는 존재가 아니었다. 마음까지 데워주는 후끈한 숨결 같았다. 으슬으슬한 한기가 들이치던 반지하에 난로가 들어온 뒤부터, 영옥은 작품 활동에 속도가 붙는 기분이었다.

그러던 어느 날 대학 동창인 송희가 찾아왔다. 짙은 홍조 화장을 한 송희의 얼굴은 화사했다. 송희의 손에는 소주 병과 우유, 사발면이 담긴 비닐봉지가 들려 있었다. 머리를 아무렇게나 동여맨 영옥이 푸석한 얼굴로 송희를 맞았다.

어머, 몰골 좀 봐. 왜 내겐 너 같은 열정이 없는 거니. 부럽다 야!

곧 바스러질 것 같은 영옥의 몰골을 보고 화사한 차림으로 찾아온 송희가 혀를 내두르며 말했다. 영옥은 피식 미소를 머금었다. 사람과의 연락을 끊고 두문불출하며 작업실에만 있었던 영옥은 외부 공기를 몰고 온 송희가 반가웠다. 불속지객처럼 찾아온 송희는 사발면을 뜯어 물을 붓고, 주방에 있는 머그잔을 챙겨 오느라 분주히 움직였다. 활력 있는 송희는 한 개의 머그잔에 소주를, 다른 한 개의 머그잔에는 우유를 따르며 말했다.

저기 있지. 나 정현 선배랑 결혼해!

송희의 음성은 스타카토처럼 통통 튀어 경박하게 들렸다. 그렇지만 특유의 쾌활한 톤 때문인지 음성 속에서 에너지가 느껴졌다. 영옥에게는 없는 장점이었다.

어? 어……!

영옥의 느긋한 성격이 놀란 감정을 억누르고 있었지만, 머그잔을 쥔 손은 떨림을 감추지 못했다. 그것을 들키지 않으려고 영옥은 머그잔을 힘주어 그러쥐었다.

축하해줄 거지? 너에게 축하받고 싶어 왔어!

송희가 콧소리를 내며 경쾌하게 말했다.

어? 어-어, 그-그럼. 축하해!

고마워, 우리 건배하자!

송희는 우유가 든 머그잔을 생동감 있게 들어 올렸다. 평소에 송희의 주량을 잘 아는 영옥은 의아한 표정으로 '네가 왜 우유를……?'이라고 물으려다가, 그러쥐고 있던 머그잔을 송희의 잔에 부딪혔다. 송희의 행동이 태교하는 예비 신부처럼 보여서였다.

송희는 쩔쩔 타오르는 난롯가에 앉아 영옥이 두문불출하는 동안 주변에서 일어난 소식들을 쏟아놓았다. 한참을 떠들어대던 송희는 시계를 들여다보았다. 늘 그런 식이었다. 무수한 정보들을 쏟아놓고는 바쁜 척하며 가버리는…… 송희는 변화무상한 팔색조 같았다. 한편으로는 자신을 실속 있게 챙길 줄도 알았다. 이익과 손해를 셈하는 지혜가 빨랐다. 이번에도 송희는 잡다한 정보들을 무수히 쏟아놓고 바쁜 척 줄행랑을 쳐버렸다.

영옥은 덩그러니 작업실에 혼자 남았다. 다 떠나고 없는, 버림받은 기분이었다. 영옥은 난로 앞에 앉아 초점 잃은 눈으로 불꽃을 응시했다. 정현 선배는 영옥이 마음속으로 좋아했던 대학 선배였다. 그 마음을 누구에게도 말한 적이 없지만, 정현 선배를 보면 얼굴이 붉어졌다. 그 마음이 표정에 드러났기에 송희도 모르지 않았을 것이다. 영옥이 전시회 준비에 열정을 쏟았던 이유는 정현 선배에게 인정받고 싶어서였다.

영옥은 반쯤 남은 소주를 머그잔에 털어 부었다. 한 번에 목구멍으로 쏟아 넣자 가슴이 불타듯 뜨거웠다. 영옥은 가슴을 움켜쥐고 어깨를 물결치며 울기 시작했다. 영옥이 소중히 여겨왔던 것을 허무하게 빼앗긴 기분이었다. 눈물과 콧물을 온 얼굴에 쥐어바르며 한참을 울고 나니 얼근얼근 취기가 올라왔다. 얼굴을 무릎에 묻자, 그대로 조금만 있고 싶었다. 어떤 시련이든 시간이 필요한 법이니까. 그렇게 영옥은 자신도 모르게 잠에 빠져버렸다.

그 시각, 할머니는 꿈을 꾸었다. 석유난로의 불이 영옥의 몸으로 옮겨붙는 꿈이었다. 거친 파도가 홍해 바다를 덮치듯 붉은 불꽃이 영옥과 영옥의 그림을 휘감았다. 문짝이 쓰러지고 판넬과 화판에 불이 붙으며 영옥의 몸 위로 쓰러졌다.

영옥-으-아, 일어어-나 얼-른! 어어억!

요란하게 꿈을 꾸고 있는 할머니 때문에 곤한 잠에서 깬 할아버지가 돌아누우며 퉁명스럽게 내뱉었다.

꿈꿔?

할아버지의 역정 소리에 할머니는 꿈에서 깼다. 돌아눕는 할아버지를 할머니가 다급히 흔들어 앉혔다.

가봐야겠소!

할아버지는 꿈 내용을 대충 들은 뒤 트럭에 올라 시동을 걸었다. 할머니의 채근을 받으며 정신없이 몬 트럭을 연기로 휩싸인 골목 입구에 세워야 했다. 골목이 검은 독연으로 가득 차 앞을 분간할 수 없었기 때문이다. 할머니는 트럭 문짝을 부수듯이 열며 부르짖었다.

영옥아!

할아버지도 독연 속으로 달려들었다. 소방차와 응급차의 사이렌 소리가 뒤따랐다.

영옥이 눈을 떴을 때는 난로가 있는 지하 방이 아닌 흰 벽으로 둘러싸인 병실 침대 위였다. 화재의 원인은 석유난로 과열이었다. 그날의 화재로 영옥의 얼굴은 백 살 된 노파처럼 주름투성이가 되었다. 영옥은 일 년 넘게 여러 병원을 옮겨 다니며 피부 이식 수술을 받았지만, 예전의 얼굴로 되돌릴 수는 없었다. 수술은 희망 고문일 뿐이었다.

나쁜 소식은 어떻게든 알려지는 법일까? 영옥의 지인들이 뒤늦게 소식을 듣고 찾아왔지만, 면회가 거절되어 병실 앞에서 발걸음을 돌렸다. 송희도 찾아왔다. 병실 앞에서 한바탕 눈물바람을 하다가 돌아갔다.

영옥은 퇴원을 서둘렀다. 영옥은 방 안에 틀어박혀 잠만 잤다. 이미 진력이 나도록 잤지만, 시련을 잊기 위해서는 더 많은 잠이 필요했다. 외부와 단절된 상태로 오랜 시간이 지나자, 마치 영옥은 투명한 공기가 된 기분이 들었다. 누구에게도 보이지 않는, 모든 이의 기억 속에서 이름마저 잊혀져 투명한 공기가 된 기분이.

정현 선배만이 가끔 잊지 않고 찾아왔다. 그때마다 영옥은 방문을 잠그고 틈 사이로 정현 선배를 훔쳐보았다. 정현 선배의 표정은 복잡해 보였다. 살 마음도 없으면서 물건을 집었다 놓았다 하는 손님 같았다. 정현 선배는 결혼 생활이 행복하지 않은 것일까? 정현 선배도 영옥을 좋아했었던 것일까? 그래서 연민 때문에 안타까워하며 괴로워하고 있는 것일까? 영옥은 정현 선배의 마음을 알고 싶어 나름의 상상을 하게 됐다.

정현 선배의 잦은 방문으로 영옥은 결국 흉터로 일그러진 얼굴을 들키고 말았다. 그날 할머니가 시장에서 돌아와 대문을 열었을 때, 마당을 서성거리고 있던 영옥이 무심코 돌아본 순간 뒤따라 들어서던 정현 선배와 눈이 마주쳤다. 영옥은 어찌할 바를 몰라 두 손으로 얼굴을 감싸며 주저앉았다. 영옥보다 더 놀란 건 정현 선배였다. 정현 선배는 급하게 몸을 돌리고 그대로 가버렸다. 이후 위로의 문자가 날아왔다. 그 문자는 영옥을 더 슬프게 했다.

할머니는 걱정스런 표정으로 말했다.

참말로 몰랐어야. 그 사람이 뒤따라오고 있었는지……. 참말여!

영옥은 할머니를 노려보며 독기 띤 눈으로 쏘아붙였다.

다 할머니 때문에 내가 이렇게 됐어!

영옥이 원망을 퍼붓는 동안 할머니는 아무 말 없이 뽀얀 먼지 기둥처럼 서 있었다. 영옥은 그 먼지 기둥을 흔들듯 소리쳤다.

이렇게 된 게 다 할머니 때문이야. 할머니가 석유난로만 주워 오지 않았어도 내 몰골이 이렇게 되진 않았을 거야. 할머니 때문이야. 내가 이렇게 된 게 전부…….

영옥은 예전의 모습으로 돌려놓으라고 떼를 쓰며 소리쳤다. 착했던 영옥은 불에 타고 없었다. 감당하기 어려운 시련을 겪게 되면 심성까지 돌아앉는 것일까? 영옥은 할머니의 심장을 긁는 말만을 골라 하며 악다구니를 치다가 방문을 부수듯이 꽝 닫았다. 정신없이 가방을 꾸리며 실성한 사람처럼 중얼거렸다.

이 세상 사람이 다 내 얼굴을 봐도 정현 선배만은…… 정현 선배에게만은 예전의 내 모습을 기억하게 하고 싶었어. 내가 밖에 나가지 못한 것도, 정현 선배 때문이었어. 정현 선배가 내 얼굴을 볼까봐…….

영옥이 실성한 듯 중얼거리며 짐 가방을 끌고 대문 밖으로 뛰쳐나가고 있을 때까지, 할머니는 표정을 잃은 망부석처럼 서 있었다.

첫 출근이 긴장돼서일까. 영옥은 바쁘게 걸음을 옮기면서도 칠년 전 기억이 자꾸만 생각났다. 영옥은 재래시장 입구에서 걷던 걸음을 멈췄다. 과일 자판 앞에 쭈그리고 앉아 있는 노부부가 영옥을 붙잡아서다. 할아버지는 면장갑을 끼고 사과를 닦고 있고, 할머니는 사과 상자에 앉아 심심한 시선으로 할아버지를 바라보고 있었다. 바글바글하던 시장은 눈발만 세차게 날리고 있었다. 코로나 팬데믹 이전에는 유동인구가 많은 곳이었다. 주변에 버스 정류장이 있고, 전철이 있고, 시장 뒤쪽으로는 재래시장 공용주차장까지 있어서 늘 차량과 유동인구가 많은 곳이었지만, 코로나로 인해 사람들의 발걸음이 끊겼다.

영옥은 몸을 숨겨 할아버지와 할머니를 훔쳐보았다. 사실 영옥은 집을 나온 칠 년 동안에도 할아버지 할머니를 훔쳐보며 살았다. 영옥이 집을 뛰쳐나와 얻은 옥탑방은 재래시장과 멀지 않았다.

요구르트 줘!

할머니의 음성은 어린아이처럼 어눌했다.

그만 먹어. 오줌 마려!

할아버지는 두툼한 옷을 이불처럼 두르고 있는 할머니의 옷깃을 여며주고, 턱까지 흘러내린 마스크를 바로잡아주며 말했다. 그리고는 과일 상자를 뜯어 할머니 주변에 깔았다. 할머니가 앉아 있는 사과 상자 밑으로 소변이 흘러내리고 있었다.

요구르트 줘!

안 돼! 자꾸 오줌 싸면 몸 얼어!

영옥이 와……!

할머니는 지나가는 여자를 보며 말했다.

할머니는 영옥이 집을 뛰쳐나온 날, 망부석처럼 서 있다가 쓰러졌다. 뇌에 염증이 생겨 쓰러진 것이라고 했지만, 가슴을 찌르는 영옥의 말들 때문에 쓰러진 게 분명했다. 영옥이 집을 뛰쳐나온 날, 할머니 뇌 속에서 오랫동안 곪아오던 염증이 터져버렸다. 그것은 영옥의 아버지가 세상을 떠난 날부터 곪기 시작한 염증이었다. 할머니는 큰 수술을 받고 오랜 시간 동안 깨어나지 못했다. 할머니는 삶이 너무 고단했던 것일까? 누운 김에 긴 잠을 잤다.

할아버지는 지극정성으로 할머니를 돌보았다. 욕창이 생기지 않도록 자리를 옮겨주는 것을 게을리하지 않았다. 간병인과 교대하는 시간에는 재래시장에 나가 과일도 팔았다. 체구가 장대했던 할아버지는 어느새 소들소들해져, 힘든 삶을 초능력처럼 견뎌내고 있었다.

영옥은 할머니가 쓰러졌다는 소식을 할아버지가 보낸 문자로 알게 되었다. 당장 병원으로 달려가고 싶었지만, 용기가 나지 않았다. 할머니에게 퍼부었던 말들이 영옥의 발을 붙잡았다. 영옥은 집을 뛰쳐나오며 할아버지의 통장까지 들고나왔다. 통장을 해약해

옥탑방 하나를 겨우 구했지만, 그것은 영옥의 수술비로 쓰고 남은 노부부의 전 재산이었다. 그래서 더욱더 할아버지 할머니 앞에 나타날 용기가 나지 않았다. 아니, 그런 마음이 전부는 아니었다. 거울을 볼 때마다 할머니의 말이 떠올라서였는지도 모른다.

내가 죄가 많다. 내가 난로만 가져다주지 않았어도…….

할머니가 입버릇처럼 한탄했던 말들이 거울을 볼 때마다 떠올랐다. 거울에 비친 영옥의 얼굴은 굳어버린 용암 같았다. 뭉개진 코와 볼살이 밀려 삐뚤어진 입술, 알금삼삼한 흉터를 볼 때마다 할머니의 말이 자꾸만 떠올랐다. 화재의 원인을 누구보다 잘 알면서도 영옥은 할머니에게 모든 원망을 돌리고 싶었던 것인지도 모른다. 원망과 미안함, 두 마음이 병실 주변을 맴돌게 했다.

어느 날, 영옥은 간병인이 잠깐 자리를 비운 틈에 용기를 내어 할머니 곁에 다가가 손을 어루만졌다. 알갱이가 박힌 꺼끌꺼끌했던 손은 따뜻하면서도 맨들맨들했다. 영옥은 할머니의 손을 자신의 볼에 대며 말했다.

누워 있으니까 편해? 할머니 손이 너무 부드러워서 할머니 손 같지가 않아. 할머니, 그만 일어나. 내가 잘못했어. 할머니!

물에 불려놓은 듯한 뚱뚱해진 할머니의 손가락이 미세하게 떨렸다. 동시에 호흡기를 연결한 기계에서 삑삑거리는 요란한 소리가 났다. 놀란 영옥은 의사를 불러야겠다고 생각하며 병실 문을 열었다.

저기요! 누구 좀…….

하지만 영옥의 조급한 마음과는 달리 소리가 목구멍에서 새어 나오지 않았다. 심장이 두방망이질 치며 뛰었다.

나 때문에 할머니가…… 나 때문에 할머니가 돌아가시기라도 한다면…….

영옥의 가슴이 무너지는 듯 조여들었다. 그때, 자리를 비운 간병인이 돌아와 간호사를 부르는 소리가 들렸다. 분주한 사람들의 웅성거림이 영옥에게 호통을 치는 것 같았다. 영옥은 몸을 숨기며 주저앉았다.

할머니, 제 말 들리세요? 저 보이세요?

의사의 음성이 병실 밖으로 새어 나왔다. 그때 할머니가 깨어나서 한 첫마디가 '영옥이 와……'였다. 영옥은 눈물이 왈칵 쏟아졌다. 할머니는 어린 영옥이 시장 바닥에 떨어뜨린 과자를 아깝게 여기며 주워 먹으면서도, 손녀에게는 좋은 것만 먹이려 했다. 그런 할머니를 원망만 했다. 영옥의 가슴에서 분수처럼 솟구치는 눈물이 멈추지 않고 계속 흘러내렸다.

깨어난 할머니는 빠르게 완쾌되어 퇴원했지만, 예전의 모습으로 돌아오지 못했다. 할아버지는 어린아이가 되어버린 할머니를 혼자 둘 수 없어 어디든 데리고 다녀야 했다.

할아버지 할머니는 영옥이 어릴 때부터, 아니 아버지가 태어나기 전부터 과일 노점상을 운영했다. 할아버지는 고향인 평양에서 남쪽으로 넘어와 머슴살이를 했고, 할머니도 식모로 일하다가 할아버지를 만났다. 두 분은 힘든 시절에도 알뜰하게 살았다. 한 끼 밥값을 아끼기 위해 길바닥에 앉아 주먹밥을 먹기 위해 김치 통을 열었다. 남들이 버린 신발과 옷을 주워 입으며 겨우 시장통에 점포 하나를 마련했다. 힘이 좀 폈을 때도 노부부는 해장국 한 그릇이 아까워 김밥 한 줄로 끼니를 때웠다. 그렇게 마련한 점포는 영옥의 아버지가 유학 떠나던 해에 되팔았다. 노부부는 자식을 잘 가르쳐야 한다는 신념이 있었다. 그것은 배우지 못한 결핍이 아닌 사랑이었다.

영옥의 아버지는 점포까지 팔아 공들여 배운 재능을 제대로 활용해보지도 못한 채, 영옥만 남겨놓고 교통사고로 일찍 떠났다. 할아버지는 아들의 주검과 고사리 같은 어린 손녀 앞에서 이렇게 말했다.

낮과 밤이 있듯이, 살아갈 날들이 매일 검지만은 않을 거야.

슬픔과 고통을 감당해야 할 때 할아버지가 스스로에게 한 위로의 말이었다.

영옥은 집을 뛰쳐나와 칠 년 동안, 할아버지 할머니 곁을 맴돌았다. 할아버지는 눈이 오나 비가 오나 과일을 팔았다. 생명이 붙어 있는 한 과일 파는 일을 멈출 것 같지 않았다. 할아버지에게는 손녀를 돌봐줘야 한다는 사명감이 있었다. 영옥의 존재는 할아버지의 낡은 몸에 쉴 틈을 주지 않았다. 영옥은 돈이 다 떨어진 날 자살하리라 결심했다. 할아버지는 영옥의 마음을 알았던 걸까? 매달 영옥의 통장으로 생활비를 보내왔다.

삼천 원.

오천 원.

과일이 한 바구니씩 팔릴 때마다 영옥의 생명은 연장됐다.

오늘도 할아버지는 눈발 속에서 과일을 팔고 있다. 사람들마다 아픈 사연이 있으니, 살아야 하고, 살아내야 할 이유가 있다.

귤 상자를 벌려 정성스럽게 소쿠리에 담는 할아버지는 곱은 등 때문인지 동작이 굼떠 보였다. 할머니는 무용한 사람처럼 앉아 할아버지의 굼뜬 움직임을 눈으로 좇고 있다. 영옥은 할아버지와 할머니를 그렁그렁한 눈으로 바라보며 혼잣말을 했다.

할아버지, 이제 그만 집으로 들어가세요. 이렇게 추운 날에는 따뜻한 방에서 할머니와 오순도순 이야기하며 TV를 보셔야지요. 바지에 오줌을 싼 할머니를 온종일 사과 상자에 앉혀두실 건가요? 이제 제 차례가 된 것 같아요. 할아버지와 할머니를 돌봐드릴 제 차례가…….

눈물을 훔친 영옥은 결의에 찬 발걸음으로 재래시장을 지나 지하철역으로 들어갔다. 출근 시간이어서 사람들이 많았다. 현기증이 일었다. 집과 재래시장만을 오갔던 영옥이 지하철을 탄 것은 화재 사고 후 칠 년 만이었다.

영옥은 사람들의 시선을 피하며 마스크로 얼굴을 가렸다. 사람들은 영옥에게 관심이 없었다. 손잡이를 잡고 매달려 있거나 자리에 앉아 휴대전화기를 들여다볼 뿐이었다. 하지만 영옥은 스스로 사람들을 의식하고 있었다. 영옥도 휴대전화기에 시선을 고정했다.

전철이 캄캄한 굴속을 달리기 시작했다. 영옥은 눈을 감았다. 바퀴 굴러가는 소리가 규칙적으로 들렸다. 소리는 할아버지의 음성으로 변주되었다.

영옥아, 세상이 온통 검지만은 않으니 용기를 갖거라!

네, 할아버지!

오늘은 네 부모의 제삿날이기도 하지만 할머니 생신날이기도 하다.

네, 수업 끝내고 갈게요. 인제 집으로…….

할아버지의 음성이 지나가고 바퀴 굴러가는 소리가 선명하게 다가왔다. 영옥은 눈을 떴다. 마음이 한결 안정됐다. 영옥도 사람들처럼 심심한 시선으로 휴대전화기에 눈을 고정할 수 있었다.

＃ 백신 패스제 반대합니다. 의사 소견서로 백신 패스제를 대신할 순 없는 건가요? 건강상 백신 접종을 못 하는 경우는요? 아르바이트도, 직장도 다니지 말란 말인가요?

＃ 누구는 위험 몰라서 맞나요. 감수하고 맞는 거죠. 백신 자유란 남

한테 피해 안 주는 선에서 누리는 게 아닐까요? 맞는 사람들은 부작용 안 무서워서 맞는 줄 아세요? 독감 백신도 부작용으로 사망자가 1년에 200명이 넘는다는 거 모르세요?

검색창을 닫았다. 인터넷 창을 열어 백신 패스제에 대한 의견을 읽고 있던 중 부평역이란 안내 방송이 들려왔기 때문이다. 영옥은 떠밀리듯 지하철을 나왔다. 거리에는 새하얀 눈이 내리고 있었고, 앞서 지나간 발자국들은 가볍게 지워지고 있었다. 영옥은 설레는 마음으로 새하얀 눈 위에 새 발자국을 찍었다. 가지 열매 같은 발자국이 특수학교 정문 앞까지 이어졌다. 걸음을 멈춘 영옥은 심호흡을 크게 한 뒤 혼잣말을 힘주어 말했다.

코로나야, 이제 안녕! 날 여기까지 바래다줘서 고마워. 이제 난 마스크를 쓰지 않아도 두렵지 않을 것 같아. 그동안 고마웠어. 하지만 날 여기까지 바래다준 건 네가 아니라 할아버지와 할머니라는 것을 잘 알아. 노점에 놓인 과일 바구니가 한 개, 두 개 줄어들 때마다 내 생명이 연장되어 여기까지 오도록 도왔다는 것을.

바람이 전하다

아무도 그가 어디로 사라졌는지 알지 못했다. 삼 년 동안 그를 찾아 헤맸지만, 그의 흔적을 찾을 수 없었다. 마치 세상에 존재하지 않았던 것처럼, 그는 바람에 실려 사라진 것 같았다. 함께 근무했던 직원들은 그의 행방에 관심을 두지 않았고, 그의 존재는 모두의 기억 속에서 멀어진 듯했다.

그는 대학병원의 코디네이터다. 그를 병원에서 본 것은 라이프하우스를 드나든 지 육 개월이 지난 뒤였다. 병원에서 본 그는 장기이식에 관한 인식을 높이기 위한 캠페인에 열정적인 모습이었다. 그는 나에게도 장기이식에 대해 설파했다. 그는 꺼져가는 생명을 살리는 일에 그 누구보다 열정적인 모습이었고, 그 일에 전문가 같았다. 멋진 옷을 입고 서글서글한 표정과 교양 있는 언어를 사용하는 그가 돈과 연관된 위법적인 일을 할 거라는 상상은 들지 않았다.

늦게서야 그에 대한 실체를 알았을 때, 그는 해외로 파견된 상태였다. 해외로 근무지를 옮긴 것인지, 세미나를 위해 잠시 떠난 것인지 병원 직원은 명확한 설명 없이 그가 한국에 없다고만 반복했다. 그는 도피한 것인지도 몰랐다. 직원이 우왕좌왕 설명하는 동안, 나는 그를 지구 끝까지 찾아가겠다는 결심을 굳혔다. 그곳이 먼 낯선 땅일지라도, 가본 적도 없고, 비행기 표를 살 여유도 없으며, 영어도 할 줄 모르지만, 당장이라도 그를 찾으러 가고 싶었다.

그러나 어느 직원도 그가 어느 곳으로 파견됐는지 명확히 알려주지 못했다. 그는 여러 직원과 사교적인 대화를 나누고 필요 이상의 친절을 보였지만, 그 누구와도 속 깊은 대화는 나누지 않은 듯했다. 그렇더라도 그에 관한 정보를 알아낼 곳은 병원뿐이었다. 끈질긴 집념은 항상 결과를 가져오는 법이다. 나는 그가 한국에 잠시 다녀갈 일정이 있다는 것을 삼 년 동안이나 병원을 드나든 결과 겨우 알아낼 수 있었다.

그는 오늘 저녁 인천공항에 모습을 드러낼 것이다. 나는 표적을 노리는 하이에나처럼 그보다 먼저 공항에 도착해서 몸을 숨긴 채 그를 기다릴 것이다. 그는 나를 두려워해야 한다. 나는 경솔하게 행동하지 않을 것이다. 내 계획은 치밀하며, 그를 향한 원망이 뼛속 깊숙이 자리 잡고 있다. 내 이빨은 그의 살덩이를 산산이 조각낼 만큼 충분하다. 그러나 나는 그에 비해 연약해서 두려움을 느낀다. 하지만 내 원망이 그의 보이지 않는 힘보다 강해져, 모래성을 허물 듯 그를 무너뜨릴 수 있기를 바라고 있다.

그가 인천공항에 발을 디딘다고 생각하니 긴장이 되었다. 원인을 알 수 없는 불안이 밀려왔다. 불안감을 밀쳐내듯 나는 평소보다 일찍 택시를 몰고 나와 합정동 물류창고 주변을 서너 바퀴째 돌고 있다. 코디네이터와 고동만을 우연히라도 만날 수 있을까 하는 마음으로, 삼 년 동안 이곳을 맴돌아온 습관이었다.

빈 택시로 물류창고 인근을 돌고 있는데, 모자를 눌러쓴 어두운 그림자 같은 사람이 찻길에 서서 택시를 세우는 손짓을 했다. 손님을 발견하자 자동으로 그 앞에 택시를 갖다 댔다. 묘한 분위기의 어두운 그림자가 내 차에 몸을 실었다. 왠지 하루의 시작이 좋지 않을 것 같은 예감이 들었다. 나는 혼잡한 길을 재빨리 벗어나기 위해 가속 페달을 급하게 밟으며 물었다.

어디로 모실까요?

반포역!

검은 마스크를 쓴 묘한 분위기의 그림자는 간단한 질문조차 귀찮다는 듯 무례하게 대답한 후 등받이에 몸을 파묻었다. 백미러를 통해 본 어두운 그림자가 마치 고동만을 닮은 형체처럼 보였다. 하지만 선글라스와 마스크를 쓴 데다가 헤어스타일까지 전과 달라서, 그가 고동만인지 확신할 수가 없었다. 심장만이 확신을 말해주듯 뛰기 시작했다.

만약 어두운 그림자가 고동만이라면…… 두근두근…….

내 심장 소리다. 운명의 날은 이렇게 불쑥 들이닥치는 법인가. 아니다. 어쩌면 고동만이 내 행동 패턴을 파악하고 있다가 내 택시를 발견하고 자연스럽게 손을 흔들었을지도 모른다. 그렇다면 왜? 하필 코디네이터가 한국에 오는 날에……. 차가운 침묵으로 나를 압도하는 어두운 그림자에서 느껴지는 분위기는 익숙함과 낯섦이 뒤섞여 있었다.

한 번쯤 고동만이 내 택시의 손님으로 탈 수 있을 거란 상상을 해왔다. 합정동 물류창고 주변을 맴돌기 시작한 것도 그 때문이다. 그런 날을 기다려왔지만, 막상 맞닥뜨리니 어떻게 해야 할지 판단이 서지 않았다.

무작정 경찰서로 끌고 가야 할까? 하지만 증거가 없고, 순순히 따라가지도 않을 것이다. 과연 나는 아무 대책 없이 합정동 물류창고 주변을 삼 년씩이나 맴돌아왔던 것일까? 많은 날을 이곳을 헤맸다. 그러나 단 한 번도 고동만을 닮은 모습조차 찾아볼 수 없었다. 사실 나는 고동만을 찾아 헤매왔던 것이 아니라 코디네이터의 행방을 찾아 헤매왔는지도 모른다. 이 미궁의 도로에서 고동만과 코디네이터, 그들의 단서를 찾으려 애쓰며, 잠재적인 만남의 순간을 기다렸었다. 고동만이 있는 곳에 코디네이터가, 코디네이터가 있는 곳에 고동만이 있었기에.

택시 기사인 고동만과 우연히 화투를 치게 된 계기로 가까워졌다. 평범하고 성실하게 살아가던 내 일상은 고동만과의 관계가 깊어지며 엉망이 돼버렸다. 그와의 관계가 깊어지면서, 라이프하우스에도 드나들게 되었다. 코디네이터는 그곳에서 알게 되었다. 코디네이터는 라이프하우스를 무료한 사람들이 모여 편안히 대화도 나누고 지루하면 가끔 화투도 치는 그런 여가 공간으로 보면 된다고 설명했다.

내가 아무 의심 없이 라이프하우스에 드나들며 자연스럽게 화투에 빠져들 지 육 개월쯤 되었을 때 임신한 아내의 교통사고가 있었다. 우연인지 아내가 구급차로 실려 간 응급실은 코디네이터가 근무하는 병원이었다. 아내는 뇌사 상태로 회복 가능성이 없다는 판정을 받았다. 코디네이터는 라이프하우스 회원인 나에게 친절했다. 수시로 병실에 들러 병원의 소소한 혜택을 받도록 안내도 해주고 위로의 말과 친절을 베풀었다. 그러던 어느 날 그는 나를 붙들고 아주 조심스럽게 아내의 신체 기증을 권유하기 시작했다. 여러 날에 걸쳐 반복된 권유와 거절 끝에, 나는 결국 그의 설득에 넘어가 승낙하게 되었다.

아내의 신체 기증으로 장기이식 수술이 잡힌 날, 병원은 매우 분주한 분위기였다. 그 속에서 브리핑이 진행되었고, 일반외과, 신경외과, 흉부외과 전문의와 기타 병원 임원진들이 긴 테이블에 둘러

앉았다. 그 자리에 나도 함께했다. 코디네이터가 앞으로 나와 스크린을 켜고, 잘 다듬어진 음성으로 매너 있게 브리핑을 시작하였다.

신체 기증한 뇌사자는 노진이 환자입니다. 1997년생으로 현재 27세입니다. 지난 2024년 4월 16일 저녁 11시 50분, 동네 뒷길에서 갑자기 뛰어든 차에 치여 응급실로 실려 왔고 뇌사 상태에 빠졌습니다. 환자는 임신 육 개월 된 산모이며, 놀랍게도 태아는 건강합니다. 이는 의학적으로 증명하기 어려운 기적입니다. 태아의 생명을 살리고 아내의 의미 있는 죽음을 위해 남편께서 신체 기증이라는 어려운 결정을 내리셨습니다. 이 자리를 빌려, 어려운 결정을 내려주신 남편 이정우 님께 다시 한번 감사드립니다.

숙연한 분위기 속에서 모두가 나를 향해 목인사를 했다. 나는 초췌한 모습으로 그 인사에 답례했다. 이어 브리핑이 이어졌다.

장기이식 수술은 내과 전문의와 외과 전문의 팀이 함께 진행합니다. 현재 노진이 환자의 몸 상태는 안정적이며, 혈압, 체온, 맥박 모두 정상입니다. 이식에 저해되는 부분은 발견되지 않았습니다. 인공호흡기를 떼는 순간 사망 선고가 내려지며, 태아는 곧바로 인큐베이터로 옮겨집니다. 수술은 약 일곱 시간 소요되며, 신장, 심장, 간, 췌장, 폐, 안구는 이식받을 환자들에게 신속하게 전달될 준비가 되어 있습니다. 노진이 환자는 수술실로 옮겨졌고, 현재 대기 중입니다. 바로 수술이 가능한 상태입니다.

브리핑이 끝나자, 수술에 참관할 임원진들과 수술을 집도할 의사들이 자리에서 일어나 분주하게 움직였다. 그 틈에 코디네이터가 재빠르게 다가와 내 어깨를 힘껏 끌어당겼다. 그는 뭐라고 위로의 말을 건넸지만, 어수선한 소음 때문에 잘 들리지 않았다. 나는 주의력을 상실한 상태였다.

나는 코디네이터의 팔에서 벗어나 무리를 따라 수술실로 향했다. 그의 말에 집중할 수 없었고, 그저 내 귀에 들리는 것은 분주하게 오가는 구둣발 소리, 옥상에서 나는 헬기 소리, 정문에서 대기 중인 앰뷸런스 소리뿐이었다. 코디네이터는 내 얼굴에 드러난 복잡한 심경을 살피며 계속 따라붙었지만, 그의 위로의 말은 내게 아무 의미가 없었다.

소리는 심장 속으로 달려 들어와 고동쳤다. 어수선한 구둣발 소리를 내며 아이스박스를 든 사람들이 수술실 쪽으로 앞질러 달렸다. 나는 떨리는 걸음으로 그 뒤를 쫓았다. 수술실 문이 열리고 구둣발들이 안으로 들어갔다. 나도 따라 들어가려 했지만, 수술실 문에 붙은 '보호자 출입 금지'라는 글자가 가로막았다. 내 몸은 수술실 앞에서 무너졌다.

코디네이터도 구둣발들과 함께 사라진 것일까. 나는 수술실 문 앞에 혼자 남았다. 대기실은 비현실적인 공간처럼 느껴졌고, 마치 미궁 속에 던져진 기분이었다. 어지러움이 몰려오더니 낯선 풍경이 눈앞에 펼쳐졌다. 살을 태울 듯한 강렬한 빛이 송곳처럼 눈을 찔렀다. 나는 비틀거리며 팔로 눈을 가렸다.

그 순간 무성한 풀이 울창하게 자라나 나무로 변했다. 빛은 어둠으로 변하면서 내 몸을 덮쳤다. 사방이 음습해지고 들짐승이 이빨을 드러내며 내 주변을 맴돌았다. 성난 이빨은 포크처럼 크고 단단해 보였다. 겁에 질린 나는 한 걸음씩 뒷걸음질쳤다. 조금씩 뒤로 물러서자 그 자리에 시체처럼 쓰러져 있는 사람이 보였다. 미로 한가운데에 던져진 사람의 터진 내장에서 붉은 피가 흘러나왔다. 매복해 있던 들짐승들이 피 냄새를 맡고 달려들었다. 찢어진 살점을 조롱하며 핥기 시작했다. 미로 한가운데 던져진 사람이 아내라는 걸 깨닫는 순간, 나는 비명을 질렀다.

아, 여보-.

눈을 떴을 때는 병실 침대 위였다. 코디네이터가 걱정스러운 얼굴로 다가와 나를 위로했다. 그의 따뜻한 위로와 말들이 마음을 안정시켰다. 아내가 어떻게 됐는지를 묻자, 이미 수술을 마치고 안치실로 옮겨졌다고 했다. 내가 하루의 반 가까이 기절하듯이 잔 모양이었다. 심신이 지쳐 있기도 했다.

코디네이터는 나를 부축하여 안치실까지 안내한 후, 걸려 온 전화를 받느라 바쁜 걸음으로 사라졌다.

안치실은 차가운 조명이 비치는 썰렁한 공간이었다. 벽은 하얀 타일로 덮여 있었고, 그 위에 미세한 물방울이 맺혀 있었다. 기계음이 간헐적으로 들려오며 고요함을 깼다. 아내는 그곳에서 차가운 스테인리스 철판 위에 반듯한 차렷 자세로 누워 있었다. 아내의 얼굴은 평온해 보였지만, 그 평온함은 영원히 계속될 것처럼 느껴졌다. 차가운 실내 공기와 철판, 그리고 그 위에 덮인 하얀 천 조각……. 보관을 위한 어쩔 수 없는 환경이라지만, 죽은 자는 쓸모없어진 폐기물과 같다는 생각이 들었다. 주변의 음산한 정적 속에서 아내의 모습은 내 가슴을 더욱 무겁게 눌렀다.

아내는 좋은 여자였다. 첫 임신을 했을 때 아들을 낳고 싶어 했지만, 초음파에서 딸이라는 사실을 알았을 때 아내는 무척 서운해했었다. 나는 손이 귀한 집안의 오대 독자다. 아내의 서운한 표정을 본 어머니는 아들이면 어떻고, 딸이면 어떠냐며 이대로도 좋다고 위로해주었다. 그 말이 아내에게는 큰 위로가 되었던 것 같다. 첫아이의 태명을 '이대로'라고 지었다. 하지만 힘든 식당 일 때문일까. 아내는 첫아이를 조산하고 말았다. 이번이 두 번째 임신이었다. 나는 아내가 또다시 임신했다는 사실조차 모르고 있었다.

아내는 열 평도 안 되는 협소한 식당에서 장사했다. 공간은 작았지만, 손님은 항상 북적였다. 야외용 플라스틱 의자에 둘러앉은 손님들은 곰장어 안주에 소주를 마시며 웃고 떠들었다. 가게는 이들의 목소리와 함께 언제나 시끌벅적했다.

아내는 장사가 잘되니 십 년 넘도록 좁은 식당을 고수했다. 직원은 일손을 돕는 주방 아줌마뿐이었다.

장사해서 뭐 남아. 인건비라도 절약해야지.

아내는 그렇게 말하며 손님들 앞에서 곰장어 껍질을 벗겼다. 그것은 하나의 볼거리였다. 투박한 나무 도마에는 녹물이 든 날카롭고 굵은 송곳이 박혀 있었다. 아내는 미끌거리는 곰장어 머리를 송곳에 꽂았다. 곰장어는 통증 때문에 근육질의 몸을 힘껏 비틀었다. 아내는 송곳에 곰장어의 머리를 꽂은 채, 머리에서부터 꼬리까지 한 번에 껍질을 벗겨냈다. 껍질을 벗긴 곰장어를 한 손에 쥐고 칼끝으로 내장을 긁어내었다. 놈은 불판 위에서까지 살아 파닥파닥 꿈틀댔다. 최후의 발악을 하느라 불판 밖으로 몸을 다이빙하기도 했다. 마지막까지 용을 쓴 곰장어의 살점은 쫄깃했다. 고추장 양념을 곁들여 씹으면 야들야들하고 고소했다. 술꾼들을 자리에 붙잡아두기에 충분했다.

아내는 자는 게 무섭다고 했다. 수십 마리의 곰장어가 천장에 들러붙어 사지를 비틀다가 서로의 몸을 타고 줄처럼 이어 내려와 아내의 몸을 휘감는 악몽을 꾸곤 했다. 어느 날은 이불 속에 있는 검정 양말을 곰장어로 착각해서 비명을 지르기도 했다. 그 바람에 어머니까지 자다 깨는 소동이 벌어졌다. 그런 아내가 아침에 일어나 언제 그랬냐는 듯 말짱한 표정을 짓곤 했다.

아내가 맨손으로 곰장어 껍질을 벗기는 이유는 손님을 끌기 위해서였다. 남자도 만지기 꺼리는 곰장어를 여자가 맨손으로, 그것도 산 채로 껍질을 벗겨내는 광경은 내가 봐도 기이했다. 그런 구경거리 때문에도 손님이 유독 많았다.

아내와 달리 나는 변통성 없는 택시 기사였다. 십 년 동안 운전만 했고, 아는 길만 고집했다. 빠른 길을 두고 돌아간다며 손님들의 불평을 듣기도 했지만, 습관은 쉽게 고쳐지지 않았다. 아는 길은 안정감을 주었고, 한 가지 일에 빠지면 다른 일은 생각하지 못했다. 물러터진 성격으로 우유부단했으며, 대립보다는 타협을 선호했다. 궂은일은 항상 아내가 도맡아 했다. 그로 인해 아내는 점점 생활력이 강해졌다.

나는 성실한 것 하나 빼면 한심한 부류였다. 은행 송금은 한 번도 해본 적 없고, 집을 구할 때도 부동산 계약서를 꺼내본 적이 없었다. 말하자면 아무 생각 없이 살았다. 하루 일당을 벌어 아내에게 주면 그게 전부였다. 아내는 담뱃값과 점심값을 챙겨주고, 나머지는 통장에 넣었다. 돈이 보이면 쓸 데가 생기는 법이라고, 미안한 마음을 그렇게 표현했다. 친구 하나 없는 나는 돈이 있어도 쓸데가 없었으므로 불만은 없었다. 무력한 평온 속에서 살고 있던 나에게 고동만이 우연을 가장해 다가왔다.

고동만과 처음 화투를 치던 날이었다. 장거리를 연거푸 두 번 뛴 날로, 다른 날보다 일당이 일찍 채워져 기사 사무실로 향했다.

더운 날에 장거리를 두 번 뛰고 나니 피곤했지만, 텅 빈 집에 들어가고 싶진 않아 사무실로 갔다. 사무실 입구에는 고동만의 차가 시동이 걸린 채 세워져 있었다. 문을 열고 들어서자, 고동만은 화투를 치고 있었다. 시동을 걸어놓고 화투까지 치는 여유가 고동만이다웠다.

실컷 써먹고 팽 시키는 건가?

고동만의 등 쪽에는 TV가 있어 뉴스 자막이 정면으로 보였다. TV를 보면서도 고동만에게 눈길이 갔다. 차에 시동이 걸려 있어 신경이 쓰여서였다. 차에서 내릴 때는 반드시 시동을 끄고 문을 잠가야 한다고 생각하는 나는 남의 일임에도 자꾸만 신경이 쓰였다. 정작 고동만은 아무렇지도 않은 듯 자신의 패를 사시미 눈으로 쪼아보며 내게 말을 걸었다.

돈 있으면 앉든가.

멍한 표정으로 TV에 시선을 두고 있던 나는 고동만을 바라보았다. 그 말이 내게 던진 것이라는 것을 굼뜬 나도 바로 알아챌 수 있었다.

껴도 돼요?

해는 중천에 떠 있었다. 집에 들어가봤자 빈집 같을 게 뻔했다. 아내는 저녁 장사 준비로 식당에 있을 시간이었고, 어머니는 TV를 보시다 적적함을 달래기 위해 노인정에 계실 것이다. 일찍 들어가도 특별히 할 일이 없었다.

아내가 하는 식당에는 가지 않는 편이 도와주는 것이라 생각했다. 눈치가 없어 일일이 물어가며 도와야 했다. 동작이 서툴러 접시를 깨는 일이 잦았다. 비좁은 식당에 나와 말짓거리를 하는 꼴이었다. 차라리 나오지 않는 게 도와주는 것이라고 했다.

나는 시간 날 때마다 기사 사무실에서 빈둥댔지만, 화투판에는 관심조차 없었다. 화투에 한번 맛을 들이면 헤어나오기 어렵다고 들었기 때문이다. 담뱃값과 점심값밖에 없어서 하고 싶어도 여유가 없기도 했다. 그런데 그날따라 모든 것이 계획된 듯 들어맞았다. 어쩌면 고동만의 낚싯밥에 걸려든 날인지도 몰랐다. 나는 익숙지 않은 자리에 끼는 게 어색해 손바닥을 비비며 고동만이 엉덩이를 움직여 만들어준 자리에 비집고 들어가 앉았다.

저는 그림 맞추는 것만 할 줄 아는데요.

멋쩍어서 한마디 했다. 명절 때면 어머니, 아내와 함께 둘러앉아 한 점에 백 원 내기 민화투를 쳐본 게 전부였다.

밑도 못 닦으면서 똥 싸겠다고?

기사 한 명이 농담을 던졌다.

그림만 맞출 줄 알면 되지.

고동만이 나 대신 말을 받았다. 그 말은 내게 한 것이기도 했다. 고동만은 화투짝을 순서대로 담요 위에 펼치며 규칙을 설명했다. 고동만은 복잡한 규칙을 한 번에 알아들을 수 있도록 명료하고 쉽게 설명했다. 내가 잘 알아듣자, 끼가 있다며 한마디씩들 거들었다. 대단한 칭찬도 아닌데 기분이 우쭐해졌다.

점에 천 원이네.

처음 쳐보는 판치고 크다는 생각이 들었지만, 장황한 설명까지 듣고 나서 못 하겠다고 일어날 수도 없는 노릇이었다. 두어 판을 오가고 나니 그날 장거리를 달려 번 일당을 몽땅 잃고 말았다. 고동만의 판쓸이였다. 함께 친 기사가 사각으로 접힌 담요를 먼지가 날리게 털며 투덜거렸다.

귀신이 곡할 노릇이야.

고동만은 못 들은 척하며 만 원권 지폐를 착착 개더니 네모반듯하게 각을 맞춰 안주머니에 찔러 넣었다. 고동만은 입에 문 담배를 이빨로 잘근거리며 불을 붙였다. 단단하게 각진 턱과 옥수수 알갱이처럼 촘촘히 박힌 옥니가 고동만의 얼굴 특징이었다. 담배를 문 고동만은 연기 탓인지 한쪽 눈을 찡그린 채 신발을 여유 있게 한 발씩 끼웠다. 그리고 단단한 몸을 일으켜 세워 시동이 걸려 있는 자신의 차로 저벅저벅 멀어졌다.

재수 없는 손님 만나 일당 공쳤어.

그날 나는 아내에게 처음으로 거짓말을 했다.

액땜했다 쳐요. 사람 안 다쳐 다행이지 뭐.

아내의 말대로 액땜했다 치면 될 일이었다. 액땜했다 치면 됐지만, 잃었다기보다 뺏겼다는 기분이 들었다. 억울한 마음에 시작한 화투가 화근이 되었다. 고동만에게는 화투에 빠져들게 하는 묘한 마력이 있었다. 그것은 그날이 그날 같은 날 속에 작은 재미였다. 마치 수렁처럼, 빠져나오려 할수록 더 깊게 빨려 들어갔다. 정신을 차리고 보면 어느새 오밤중이거나 새벽이 되어 있었다.

당신도 늙나 봐. 생전 안 하던 짓을 다 하게.

아내와 나는 열다섯 살 나이 차이가 났다. 아내를 처음 만났을 때, 그녀는 스무 살이었고 나는 서른다섯이었다. 주변 사람들은 어떻게 내가 그렇게 착하고 어린 아내를 만났는지 부러워했다. 아내는 필리핀에서 왔다. 심성이 착한 아내는 잔소리가 짧았다. 나를 두고 이상한 상상은 하지 않았다.

그간 나는 모범적인 면에선 외곬이었기 때문에 크게 걱정하지 않는지도 모른다. 본받아 배울 점은 없지만, 불법적인 사람도, 말이나 행동을 거칠게 하는 사람도 아니었다. 말하자면 근면 성실 같은 단어를 붙여 표현하기에 적합한 사람이었다. 그런 나에게도 허전함이란 있었다. 행동이 성실하다고 해서 마음마저 성실하다고 볼 수는 없었다. 고동만은 내 안의 허전한 틈을 노렸다. 고동만은 입에 발린 말이나 거짓된 표정이 없었다. 부드럽지도 않고 살갑지도 않지만, 무심히 던지는 말투에 믿음이 갔다. 사람 보는 안목마저 없는 나는 고동만에게 의지하며 마음을 열기 시작했다.

전 말이죠. 택시를 몰 때 아는 길로만 갑니다. 새로운 길은 싫거든요. 생각해보십시오. 모르는 길을 헤매느니 아는 길로 돌아가는 편이 낫지 않습니까? 어쨌든 잘못 갈 리 없고 안전하니까요.

이번 기회에 가지 않은 길로 한번 가보지 그래?

고동만이 밍밍한 투로 한마디 던졌다. 아무 표정 없이 툭 던지는 말투가 매력적이었다. 제멋대로 행동하고 남을 의식하지 않으며, 조용히 듣다가 감정을 드러내지 않은 채 한마디씩 던진 그런 모습이 소심한 나와는 달라서 좋았다.

고동만을 따라간 라이프하우스는 주로 은퇴한 고위직 공무원, 대기업 간부, 의사, 변호사, 교수 분야에 종사하는 사람들이 화투를 취미로 즐기는 곳이었다. 커다란 대문 안으로 고동만이 들어서자, 곰 같은 큰 개가 반기듯 달려 나왔다. 라이프하우스는 개가 마음껏 뛰어놀 수 있는 넓은 마당을 가진 집이었다. 푸른 나무와 아름다운 정원 앞에서 기가 죽었다. 거실 바닥은 유리로 된 수족관이었고, 다채로운 색상의 물고기들이 자유롭게 헤엄치고 있었다. 수족관 속 물고기들은 화려한 색깔과 독특한 패턴으로 눈길을 사로잡았다. 그 모습은 마치 수중 세계의 작은 축제처럼 느껴졌다. 고동만의 뒤를 따라 수족관 위를 걸으며 물 위를 걷는 듯한 신비감을 경험했다. 내 눈은 헤엄치는 생명들을 구경하느라 자꾸 시선을 발 아래로 내리깔았다.

고동만이 담배 연기가 자욱한 문을 열었을 때, 사람들이 둥그런 테이블을 놓고 둘러앉아 있었다. 사람들은 각자 쥐고 있는 화투 패를 던지거나 뒤집으며 몰두하고 있었다. 고동만과 나는 한참을 말

없이 구경했다. 화투판이 끝나자, 회원들이 우리에게 시선을 보내며 먼저 친근감 있게 말을 걸어왔다. 나는 고동만의 소개로 그들과 인사를 나누었다. 그들은 친절했다. 그들은 화투를 취미로 한다며 여행이나 골프처럼 즐기는 것이라고 했다. 나는 그런 말을 믿는 미련한 부류의 사람이다.

그날은 첫날이라 나는 구경만 했다. 고동만은 판에 끼더니 보란 듯이 싹쓸이를 했다. 돈을 잃는다는 것은, 누구에게나 충격일 텐데, 회원들은 아무렇지도 않은 듯 평온한 표정을 유지하고 있어, 배움이 깊은 성숙한 인격을 갖춘 사람들로 보였다. 그들에게 돈은 아무것도 아니며 그저 진실함과 올바른 행동만이 가치 있다고 여기는 사람들 같았다.

그날 고동만은 라이프하우스를 나와 길고 좁은 길을 저벅저벅 걸어 내려가며 말했다.

라이프하우스 회원들은 돈이 목적인 사람들이 아니네. 하나만 빼고 다 가진 사람들이니까.

그 하나가 뭔데요?

나는 물으며 고동만을 슬쩍 쳐다봤다. 그의 음성이 다른 날과 다르게 무겁게 들려서였다. 가늘고 긴 어둠이 고동만을 감싸고 있는 듯했다. 마치 죄책감 때문에 내면과 갈등하는 표정이었다. 고동만은 내 물음에 대답하지 않았다. 그는 늘 대답하고 싶을 때만 대답했다. 그들이 갖지 못한 하나는 무엇일까. 고동만은 집들이 때도 비슷한 말을 했었다.

　집들이 때였을 것이다. 아파트를 장만한 후 동료 몇 명을 초대해 집들이를 했다. 그때 고동만도 왔다. 새 아파트를 구경하며 '알부자'라며 놀려댔다. 겨우 24평 아파트였고 장만하는 데만 십 년이 걸렸다. 그것도 아내 덕분이었다. 아내가 열 평도 안 되는 식당에서 손이 부르트도록 곰장어 껍질을 벗겨가며 마련한 집이었다. 아내와 함께 산 지도 벌써 십 년이 되었다. 아내를 처음 만난 곳은 필리핀 여행지에서였다. 민박집 주인 딸이었던 그녀와 알게 되어 편지를 주고받다가 함께 살게 되었다.

　고동만은 아파트 베란다에 서서 아파트 전망이 좋다고 했다. 아파트 가격은 층에 따라 달라서 맨 위층과 아래층이 저렴했다. 어머니는 맨 아래층을 선호하셨고, 아내는 맨 위층이 좋다고 했다. 나는 중립이었기에 두 사람의 주장이 반복된 후 아내의 의견을 따르기로 했다.

　베란다에 서서 보면 아내가 일하는 시장이 보였다. 나는 고동만에게 아내가 일하는 식당의 위치를 가리키며 그녀의 음식 솜씨를 자랑했다. 아내 자랑을 할 때면 나도 모르게 표정 관리가 잘되지 않았다. 그런 나를 부러운 듯 바라보며 고동만이 말했다.

　자넨 다 가졌군.

　형님도 참, 저 같은 사람이 다 가졌다니요.

　다 가진 사람도 행복까진 갖기 어려운 법인데. 자네 집엔 그게 있군.

그렇게 말하며 어두운 표정을 지었다. 고동만은 표정으로 내면의 소리를 내는 것 같았다. 고동만은 일찍 상처했다고 했다. 아내 자랑을 한 것이 괜스레 미안해져, 나는 평소보다 수다스러워졌다. 그에게 연민의 감정까지 들어 집들이 이후 급격히 가까워졌다.

나는 껌딱지처럼 고동만과 붙어다녔다. 고동만은 나를 데리고 라이프하우스에 자주 드나들었다. 고동만의 실력은 신의 손 같았다. 그곳 사람들의 실력도 만만치 않았다. 그들은 낮부터 밤까지 화투를 계속했다. 자주 겨루다 보니 내 실력도 조금씩 늘어갔다. 이기고 지는 일이 반반이었다. 고동만에게 개인 지도까지 받아서인지 내 실력은 확실히 향상되었다. 나는 여러 번 이기고 또 여러 번 패배를 경험했다.

라이프하우스 관리인에게 돈을 빌려 도박할 만큼 나는 대범해졌다. 사채를 빌려주는 사람은 관리인이었고, 자금의 주인은 따로 있다고 했다. 라이프하우스는 코디네이터의 집이라고 했다. 나는 급기야 아내 몰래 아파트 문서를 들고 은행까지 가는 지경에 이르렀다. 그런 나를 놓고 귀신에게 홀렸다는 표현이 맞을 것이다. 처음은 이천만 원을 대출했고, 다음은 삼천만 원을 대출했다. 돈은 벌 때보다 쓸 때 담력이 커졌다.

그런데 거듭 따던 실력이 어디로 사라졌는지 언제부터 매번 잃기만 했다. 수렁에 빠진 기분이 들었고, 불안감이 고조됐다. 아내가 알기 전에 대출금을 서둘러 상환해야 했다. 대출금만 상환하면 다시는 하지 않겠다고 다짐했지만, 마음과는 달리 대출금과 사채 때문에 빠져나올 수 없었다.

그때 고동만이 나를 도와주겠다고 했다. 그의 실력은 변함없었기에 나는 그를 믿기로 했다. 고동만의 지시에 따라 아파트를 담보로 일억 원을 더 대출받았다. 그가 큰 판을 벌여 내가 그동안 잃은 돈을 만회해주겠다고 호언장담했기 때문이다.

이래도 되는가!

대출을 받는 순간에도 갈등이 밀려와 심장이 두근거렸다.

빚만 갚아주고 남은 건 다 내 거네.

고동만은 자신 있게 말했다. 나는 고개를 끄덕였다. 빚만 갚을 수 있다면 아무래도 상관없었다.

큰 판을 벌인 날, 고동만은 순조롭게 이겼다. 나는 조마조마 지켜보며, 그가 이길 때마다 속으로 쾌재를 불렀다. 내 표정은 숨길 수 없었다. 나는 열에 들뜬 얼굴로 고동만을 우러러보았다. 고동만은 일억 원의 밑돈으로 아파트 담보 대출금을 모두 상환하고도 남을 만큼 판돈을 긁어모았다. 그는 이길 때마다 딴 돈을 호주머니에 챙겨 넣었다.

그날 고동만은 군용 잠바를 입고 있었다. 여러 주머니가 달린 그 옷은 삐쩍 마른 사람이라면 현금을 넣은 탓에 구명조끼처럼 보였겠지만, 몸집이 큰 고동만에게는 오히려 자연스러워 보였다. 화투판에 분위기가 고조될 즈음, 고동만이 슬쩍 자리를 떴다. 나는 그가 화장실에 가는 줄 알았다. 하지만 한참이 지나도 돌아오지 않자, 그가 온다 간다 말없이 가버린 것이 과연 잘한 일인지 혼란스러웠다. 괜히 한 판 더 하려다가 딴 돈을 잃기라도 한다면 낭패였다. 욕심을 내려놓고 슬그머니 빠져나간 건 잘한 선택 같았다. 그렇더라도 내게 눈짓이라도 해주고 갔더라면 덜 서운했을 것이다. 그 순간까지도 나는 그렇게만 생각했지, 고동만을 의심하지 않았다.

고동만은 어디로 사라졌는지, 그날 이후로 내 전화를 받지 않았다. 휴대전화 음성에서는 '없는 번호'라는 대답만 돌아왔다. 기사 사무실에도 나오지 않았다. 나는 택시 회사에 수록된 주소를 들고 고동만의 집을 찾아 나서야 했다. 낡고 허름한 집들이 마치 작은 힘을 합쳐 가난을 극복하려는 듯 따닥따닥 붙어 있었다. 그곳에 고동만의 집도 있었다. 비탈길을 오르고 올라 겨우 찾은 집이었다. 고동만의 집 앞에는 폐지를 실어 나르는 손수레가 세워져 있었다. 고동만의 노모는 가늘고 긴 다리를 접고 앉아 폐지를 묶고 있었다.

저, 안녕하세요. 동만이 형 안에 있나요?

고동만의 노모가 앉은 채로 나를 올려다봤다. 광대뼈가 도드라진 노모의 얼굴은 말상이었다. 몸은 앙상한 나무 같았다. 마른 얼굴에 검버섯이 피어 있었고, 눈주름은 아래로 흘러 내려와 있고, 눈동자는 시든 낙엽처럼 노랬다. 남성적인 이미지가 느껴졌다. 허리가 유독 길어 키가 클 것이라 짐작됐다.

동만이는 뭐 하고 사요?

도리어 노모가 내게 아들 소식을 물었다. 힘겹게 몸을 세운 그녀의 키는 예상과 달리 작았다. 균형을 잡기 위해 다리를 벌리고 서 있는 노모의 허리는 심하게 굽어 있었다. 마치 뿌리 없는 나무를 보는 것 같았고, 작은 입김에도 쓰러질 듯 위태로워 보였다. 고동만은 그간 어떻게 노름 밑천을 마련해왔던 것일까. 나는 노모를 뒤로하고 비탈길을 내려가야만 했다.

아파트 담보대출 연체이자 고지서가 기사 사무실로 날아들기 시작했다. 아내가 알기 전에 고동만을 찾아내야 했다. 고동만을 만나기 위해서라도 라이프하우스에 드나들어야 했다. 유령처럼 사라져버린 고동만을 그곳 말고는 달리 만날 방법이 없어서였다. 라이프하우스 회원들은 나보다 고동만을 더 몰랐다. 서로 친절한 얼굴을 하고 있었지만, 깊은 관심은 없는 듯했다.

라이프하우스를 이용하려면 도박 밑천이 필요했지만, 더 이상 아파트를 담보로 대출받고 싶지 않았다. 결국, 나는 라이프하우스에서 사채를 빌렸다. 매번 갈 때마다 구경만 할 수는 없어서였다. 빚은 눈덩이처럼 불어났다. 바로 상환하지 않으면 원금보다 이자가 많아지는 돈이었다.

아내의 교통사고가 일어난 것도 그쯤이었다. 사고 이후 나는 고동만을 찾지 않았다. 찾을 여유가 없었던 것이다. 그런 상황 속에서 채권자들이 병원으로 찾아왔다. 나는 병원 옥상에서 그들에게 두들겨 맞았다. 그들은 오직 받을 돈만을 생각했고, 개인의 사정은 안중에도 없었다.

그때 커피를 들고 옥상에 올라온 코디네이터가 쓰러져 있는 나를 발견했다. 그는 피범벅이 된 나에게 자초지종을 물었다. 나는 라이프하우스에서 빌린 도박 빚 때문이라고 털어놓았다. 코디네이터는 근심스러운 표정으로 손수건을 건네며 도울 방법을 찾아보겠다고 했다. 나는 공포에 떨고 있었기에 그의 말이 큰 위로가 됐다.

코디네이터가 말했다.

라이프하우스 회원들은 전국 곳곳에 있습니다. 회원들과 그 가족들 중…… 그들은 시한부 병을 앓고 있죠. 부족한 게 없지만, 건강만은 얻지 못한 사람들이 전국 곳곳에 있습니다.

내가 코디네이터의 말을 알아듣지 못하자 설명을 덧붙였다.

이식을 원하는 회원들과 연결해드리겠습니다. 건강만 얻을 수 있다면 사채를 탕감해주는 일 정도야 그분들에게는 아무것도 아닐 테니까요.

뒤늦게 알아차린 나는 아내의 생명을 놓고 거래하자는 거냐며 펄쩍 뛰었다. 코디네이터는 자신의 말에 오해가 없길 바란다며, 아내의 배 속에서 자라고 있는 생명을 위해서라도 빠른 결정이 필요하다고 설파했다. 나는 흥분하며 받아쳤다.

정신이 떠난 육체에 값진 죽음을 강요하는 겁니까? 아니라면 죽기도 전에 쓸모 없어진 사람 취급하는 겁니까?

나는 피범벅이 된 채로 말을 더듬었다. 몸이 떨리고 심장이 빠르게 뛰었다. 코디네이터는 겁에 질려 있는 내 마음에 파고들며 설득했다. 자신의 말에 오해가 없기를 바라며 진지하게 고민해달라고 했다. 그때 그의 말과 행동은 진심으로 죽어가는 사람들의 생명을 살리려는 모습으로 비쳤다. 굳이 변명하자면, 나는 현실을 회피하고 싶어 하는 겁쟁이에 불과했다.

안치실의 차가운 공기는 고요했다. 고요함은 무거운 두려움으로 변했다. 그 두려움에서 벗어나고 싶었지만, 발이 움직여지지 않았다. 나는 안치실 바닥에 털썩 주저앉아 무릎에 얼굴을 파묻었다. 두려움과 고통으로 꺽꺽거리고 있을 때, 영란의 음성이 울려 퍼졌다.

오빠 돌았수? 배 속에 오빠 아이까지 품고 있었던 언니유!

영란의 등장으로 썰렁한 안치실에 사람의 온기가 느껴졌다. 나는 천천히 숨을 들이마시며 눈물을 닦았다. 영란이 크고 요란하게 울어댔다. 영란을 따라 들어온 어머니는 손수건으로 눈물을 훔쳐댔다. 조용한 울음이었다. 한참을 요란하게 통곡하던 영란이 정신을 가다듬더니 질타의 말을 퍼붓기 시작했다.

호사다마라더니 그 말이 딱 맞네. 새집 사고 지나치게 좋아한다 했어. 객사나 한가지인 언니를 살풀이는 못 해줄망정 신체 기증까지 하다니. 언니가 불쌍하지도 않수? 뇌사 상태가 된 언니 몸속에서 아이가 멀쩡히 자라고 있는데. 언니가 얼마나 살고 싶었겠어? 그런 언니한테 오빠 이러는 거 아니지. 처가에 돈 몇 푼 주고 데려왔다고 언니 몸까지 사 온 줄 아는 거유? 오빠 이러면 벌받아.

그런 거 아니라니까.

나는 버럭 소리 질렀다.

본새 없이 말해도 영란의 심성에 악의는 없었지만, 같은 말을 하더라도 속을 긁는 말버릇이 있었다. 아들 귀한 집에서 딸로 자라느라 불만으로 생긴 성깔이었다. 어머니는 아니었지만, 아버지는 아들과 딸을 편애했었다. 영란의 등장으로 한바탕 시끄러움이 지나갔다. 쓰러질 것 같은 어머니를 모시고 영란이 집으로 돌아가자 다시 안치실은 적막해졌다.

영란의 말대로, 새집으로 이사하면서 지나치게 좋아했던 것일까.

새집은 새로운 시작과 희망을 안겨주었다. 아내는 자연광이 비치는 깔끔한 주방을 좋아했고, 어머니는 큰 창으로 들어오는 햇살을 좋아했다. 나는 거실에 놓인 소파에 누워 뒹굴며 TV 보는 것이 좋았다.

이사하던 날이 떠올랐다. 이사 첫날, 아내는 저녁거리를 위해 지갑을 들고 나갔고, 어머니는 평소 아끼던 간장 항아리가 깨지지 않았는지 살피고 닦았다. 나는 시계를 걸기 위해 빈 벽을 찾아 못을 박았다.

아파트 상가는 시장보다 물건값이 배네요.

금세 찬거리를 들고 들어선 아내의 음성이 주방 쪽에서 새어 나왔다. 이런 날 자장면 한 그릇 시켜 먹자고 해도 아내는 자장면 세 그릇이면 세 끼 반찬 값이라고 했다. 한 번쯤 흐트러질 만도 한데 아내는 그러지 않았다. 음식을 조리하는 동안 어머니와 아내의 말소리가 도란도란 새어 나왔다.

어머니, 오이장아찌는 소금기가 충분해야 꼬들꼬들 씹는 맛이 나겠죠? 어머니, 계란국에 파를 넣을까요? 부추를 넣을까요? 어머니, 세탁소 주인 아시죠? 그 집 아저씨 깜박깜박한다더니 기어이 밍크코트 하나 해먹었나 봐요. 소문이 벌써 퍼졌는지 세탁소 내놨다네요.

아내는 한국말을 빨리 배웠다. 더구나 시장에서 일해서인지 한국 사람보다 더 잘한다는 말을 듣곤 했다.

떡집 옆에 세탁소 말이냐? 말이란 게 발이 달린 법이다. 먹고사는 기술도 나이 들면 무용지물이지.

어머니, 이제 대형 할인점에 세탁소까지 들어서서 개인 가게는 끝났어요. 대형 할인점이 훨씬 싸고 친절해요.

아무래도 대형 할인점은 동네보다 멀잖냐?

멀긴요. 대형 할인점이 주택 안까지 들어선걸요.

아내와 어머니는 소소한 잡담 거리를 만들어가며 식사 준비를 했다. 종일 손님을 상대하고 들어온 날도 아내는 일부러 어머니의 말벗이 되어주기 위해 이말 저말들을 늘어놓았다. 고부간보다 모녀 사이 같았다. 마음 쓰는 거며, 살림하는 거며, 아내는 뭐든 똑소리가 났다.

내가 아내에 대한 슬픔과 여러 감정에 잠겨 이런저런 기억들을 떠올리고 있을 때 경찰이 찾아왔다.

어쩌면 범인은 그 지역을 잘 알고 사고를 낸 전문범일 수도 있습니다. 인적이 뜸하고 CCTV도 없는 곳으로 봐서…….

경찰의 말에 의하면, 계획적인 사고일 수도 있다고 했다. 물증이나 증거가 없어 수사의 난항을 겪고 있다며, 혹시 원한을 살 만한 일이 있었는지 물었다. 시장 사람들과 싸운 적은 없었는지, 손님과 시비는 없었는지를 꼬치꼬치 캐물었다. 생각해보니 나는 아내에 대해 아는 게 없었다.

글쎄요. 없을걸요. 없습니다. 잘 모르겠습니다.

내가 단답형으로 대답하고 있을 때, 코디네이터가 모습을 드러내며 다급히 다가왔다.

코디네이터는 염탐하듯 경찰과 나를 번갈아 바라보며 경황이 없어 미처 설명하지 못했다며, 아내의 신체 기증 수술 결과를 브리핑하듯 열거한 뒤 아내의 사망 시간을 알려주었다. 나에게 하는 설명이 아닌, 경찰이 듣길 바라는 설명 같았다. 사망 시간은 아내의 산소 호흡기를 떼어낸 시간을 의미했다.

코디네이터에 말을 정리하면, 태아는 엄마 배 속에서 나와 인큐베이터 속으로 들어갔으며, 속단할 수는 없지만, 생명에는 지장이 없을 것 같다고 했다. 수술은 순조로웠고, 신장과 간은 울산과 대구로 이송되었으며, 심장은 심근경색 환자에게 성공적으로 이식되었고, 췌장은 소아형 당뇨로 투병 중인 환자가 있는 제주로 이송됐다고 전했다. 용기를 낸 결정 덕분에 많은 생명을 살릴 수 있었다며 나를 힘차게 끌어안았다. 이는 아내의 장례 절차를 밟아도 된다는 최종적인 보고이기도 했다.

아내의 장례는 조촐하게 치러졌다. 모든 장기를 아낌없이 기증한 그녀를 생각하며, 한 인간이 태어나 생을 마무리하는 과정이 이렇게 가볍고 허무할 수 있는지 의문이 들었다. 만약 죽음이 이토록 허무한 것이라면, 미래를 향한 꿈과 기대는 부질없는 것 아닐까. 장례를 치르는 동안 계속해서 이런 생각들이 떠올랐다.

아내의 장례를 치른 뒤 떨리는 마음으로 아이가 있는 중환자실로 향했다. 아이를 좀 더 일찍 보고 싶었지만, 상중에는 좋지 않다고 영란이 말렸다. 장례를 마친 후, 소아병동 중환자실 문을 열었을 때, 의사가 투명 고무장갑을 끼고 유리 구멍으로 손을 집어넣어 산소 농도를 조절하고 있었다. 생명은 주먹만 한 선지 덩어리 같았다.

내 딸 대로야!

이 이름은 첫째를 임신했을 때 아내가 지었던 태명과 같다. 대로를 바라보는 순간 몸이 떨렸다. 사람의 삶과 죽음은 이미 결정

되어 있는 것일까? 대로와 마주하며 아내의 죽음과 대로의 탄생이 운명처럼 느껴졌다. 대로는 작은 가슴을 오르내리며 호흡을 이어가고 있었다. 대로를 보는 순간, 여러 감정이 교차했다. 아내가 남겨놓고 간 생명을 바라보며 미칠 것 같은 기분이 들었다.

나는 한동안 마음을 잡지 못하고 거리를 헤맸다. 낯선 이와 마주칠 때마다 아내가 나를 보는 것 같았다.

여보, 나야. 우리 대로 잘 부탁해. 그리고 대로에게 말해줘. 엄마가 사랑한다고.

아내의 환청이 어디서든 들렸다. 아내가 기증한 장기들은 누구의 몸 안으로 들어갔을까? 아내는 타인의 몸에서 신체의 일부가 되어 잘 적응하며 살고 있을까? 낯선 사람의 몸에 일부가 되어 마음마저 남이 된 건 아닐까? 나는 아내의 영혼을 찾아 헤맸다. 아니 아내의 영혼이 나를 따라다녔다. 어디선가, 누군가의 몸 안에서 '여보, 나야'라고 아내가 먼저 불러 세울 것만 같았다.

내가 마음을 잡지 못하는 동안, 영란이 대신 식당을 팔았다. 인큐베이터에 있는 대로의 병원비 때문이었다.

아내가 없는 집은 빈집처럼 느껴졌다. 이제 집에 있어도 예전처럼 "어머니 계란국에 파를 넣을까요? 부추를 넣을까요?" 등 도란도란 말소리는 들리지 않았다. 이제 주방에선 물소리와 그릇 부딪치는 소리만 났다. 어머니는 물 묻은 행주를 붙들고 주방을 떠나지 않았지만, 찌개 국물이 매번 넘쳤다. 어머니의 머릿속은 낡은 전선처럼 깜박거렸다.

정우야, 나 배고파.

어머니는 치매에 걸렸고, 아파트는 대출금을 상환하지 못해 경매로 넘어갔다. 새로 이사한 집의 문짝은 심하게 기울어 있었다. 현관문을 열 때마다 쇠 깎는 소리가 났다. 그 소리를 뚫고 집으로 들어서면 TV 불빛이 어두운 거실을 대신 밝혀주었다. 식욕만 남은 어머니는 먹는 것에 집착했다. 불도 켜지 않은 주방에서 두 팔로 밥통을 품고 있었다. 어머니에게는 오직 밥통만이 소중한 것처럼 보였다.

불행 가운데 다행인 점은 당장이라도 죽일 듯이 달려들던 사채 채권자들이 코빼기도 보이지 않는 것이었다. 혹시 그들과 마주칠까 두려워 라이프하우스에는 가지 못하고 그 주변을 숨어 맴돌았다. 고동만을 만날 수 있을까 하는 희망 때문이었다. 나는 아파트를 담보로 대출받은 1억 원의 돈을 돌려받아야 했다. 그러나 라이프하우스에 새로운 주인이 들어온 것 같았다. 부동산을 통해 알아보니 그 집은 이미 새로운 주인으로 바뀌어 있었다.

코디네이터를 한 번쯤 만나보고 싶었다. 어찌 되었든 코디네이터 덕분에 사채를 갚을 수 있었기에 인사는 해야 할 것 같았다. 하지만 그는 내 전화를 받지 않았다. 항상 바쁘다며 내가 전화할 때마다 회의 중이라는 답신만 보내왔다. 나는 어쩔 수 없이 문자로 마음을 전해야 했다.

어찌되었든 힘들 때 도움이 되었습니다. 고맙습니다.

코디네이터로부터 곧바로 답신이 날아왔다.

사채는 다 갚았으니 걱정하지 않으셔도 됩니다. 힘내세요.

간결한 그의 문자에 나는 감사하다고 다시 한번 인사했지만, 그는 더는 나와 볼 일이 없다는 듯 내 감사 문자를 읽지 않았다.

내 삶은 라이프하우스를 드나들기 전으로, 무력하지만 평온한 삶으로 돌아왔다. 대로도 건강이 안정됐다. 나는 택시를 몰며 여전히 아는 길만 고집했다. 새로운 길은 나에게 두려움이었다. 그러던 어느 날, 코디네이터가 근무하는 병원을 찾는 손님을 태우게 되었다. 나는 병원에 간 김에 코디네이터를 만나고 싶어 병원 주차장에 차를 세웠다. 사무실이 있는 층으로 올라가 신체 기증 건으로 면담하러 왔다고 말하자, 낯선 얼굴의 직원은 나를 코디네이터 사무실로 안내했다. 하지만 그는 사무실에 없었다. 직원은 잠시 자리를 비운 것 같다며, 마실 차를 가져오겠다고 했다.

나는 엉거주춤 선 채 사무실을 둘러보았다. 책상 위는 간결했다. 노트북과 정돈된 사무용품, 정중하게 놓인 문서들, 그리고 넓은 유리 창가에 소품처럼 놓인 화분에 담긴 싱그러움을. 화이트컬러로 꾸며진 넓은 사무실은 깔끔하고 쾌적했다.

소파에 털썩 몸을 부리는 순간, 휴대전화기의 진동음이 울렸다.

코디네이터의 것으로 추측된 전화기는 소파 앞에 놓인 테이블 위에서 조용히 떨고 있었다. 화면에 뜬 발신자 이름은 고동만이었다. 내 돈을 갖고 뛴 고동만! 나는 다급히 휴대전화기를 집어 들며 받기 버튼을 눌렀다. 심장이 두방망이질 쳤다. 마른 기침이 퀙 올라왔다. 자꾸만 새어 나오는 기침을 손으로 틀어막았다. 기침을 참는 동안 전화기 너머에서 마른 논바닥이 쩍쩍 갈라진 듯한 음성이 새어 나왔다.

고동만입니다. 노진이 씨의 장기를 기증받은 라이프하우스의 가족들이 감사의 답례로 사과 상자를 주셔서 합정동 물류창고에 가져다 놓았습니다. 등기로 보내주신 이정우 신체 기증 각서도 함께 갖다 놓았습니다. 그럼…….

고동만은 전화받은 사람이 코디네이터인 줄 착각한 것 같았다. 퀙퀙거리는 기침을 애써 참아내고 있는 나를 코디네이터로 착각한 듯, 할 말만 마치고 서둘러 전화를 끊었다.

나는 둔치로 한 대 얻어맞은 듯한 기분이었다. 신체 기증 각서라니. 내가 언제 신체 기증 각서를 썼단 말인가? 아니, 내가 아내의 신체 기증 각서에 사인하면서 내 것에도 서명했을 가능성이 있다. 서류는 복잡했다. 사인할 것도 많았다. 코디네이터가 꼼꼼히 설명한 후 서류를 내밀었기에, 나는 상세히 읽지 않고 사인했을 것이다. 어려운 용어들이 있었기에 읽어도 잘 이해하지 못했을지도 모른다. 여러 서류 중에 내 신체 기증 각서도 포함되어 있었던 것일까? 그렇다면 처음부터 계획된 음모였다는 말인가? 코디네이터와 고동만이 짠…….

나는 후들거리는 다리를 끌며 도망치듯 사무실을 나왔다.

전문범 소행 같습니다.

경찰의 말이 떠올랐다. 택시에 올라타 병원을 빠져나와 서둘러 경찰서로 향했다. 경찰서로 들어서자마자 병원으로 날 찾아왔던 담당 경찰을 찾았다. 책상 앞에 앉아 있던 그는 궁금한 눈으로 나를 바라보았다.

숨을 할딱거리며 나는 설명하기 시작했다. 코디네이터와 고동만이 일부러 내게 접근했고, 나를 빚쟁이로 만들고, 임신한 아내를 계획적으로 차로 쳤으며, 사채업자들로부터 궁지로 몰리게 한 다음 아내의 신체 기증을 유도한 것 같다고 했다. 내 신체 기증 각서까지 가지고 있는 걸 보면 다음은 내 차례인 것 같다고 덧붙였다.

내 이야기를 흥미롭게 경청하는 경찰의 입가에 희미한 미소가 번졌다. 답답한 나는 경찰에게 확신을 심어주기 위해 손가락으로 내 귀를 가리키며 소리쳤다.

내가 직접 고동만의 전화를 받았다니까요!

그렇군요. 이 모든 일이 그렇게 계획적이었다니. 정말 흥미로운 추리네요.

경찰의 말에는 조롱이 섞여 있었다.

경찰은 내 상황이 얼마나 심각한지 모르는 표정이었다. 그러나 나는 포기하지 않고 내 이야기를 계속했다.

제 말을 믿어주세요. 이건 단순한 사건이 아니에요. 제 아내의 교통사고와 연관된 일이며 제 삶이 걸린 문제이기도 합니다.

경찰이 내 말을 믿지 않는 표정이었지만, 나는 계속해서 반복 설명하며 그가 내 말을 믿어주길 바랐다.

그 후 경찰은 형식적인 조사를 진행했다. 그것이 도리어 코디네이터로 하여금 도망갈 빌미를 마련해준 꼴이 되었다. 내가 그의 사무실서 우연히 고동만의 전화를 받은 정황을 눈치챈 코디네이터는 병원에다 해외 파견 근무를 요청했다. 병원은 그가 제시한 더 많은 성과와 투자 가치 있는 개인의 비전을 위해 그의 요청을 수락했다. 경찰은 출국을 막을 만한 증거를 찾지 못했으므로 코디네이터는 해외로 도피해버렸다. 결국 수사는 흐지부지해져 일반 뺑소니 교통사고로 미종결됐다.

나는 분노와 무력함에 휩싸인 채 차를 몰았다. 정신을 차리고 보니 한강에 도착해 있었다. 한적한 곳에 차를 세운 뒤 트렁크를 열었다. 아버지 산소에 갈 때마다 벌초했던 제초기를 꺼내 들었다. 한강에는 아무도 없었다. 무너지듯 바닥에 퍼질러 앉았다. 물결 소리가 내 귀를 채웠지만, 평온한 한강도 내 억울함과 슬픔을 진정시켜주지 못했다. 모두가 평온한데 내 마음만 평온하지 않은 것 같았다. 모두가 행복한데 내 마음만 불행한 것 같았다.

나는 분노와 억울함, 무력함 속에서 다짐했다. 가만두지 않겠다고. 열심히 산 아내를 죽인 자들을, 대로에게 엄마를 빼앗은 자들을 가만두지 않겠다고. 나는 내 마음에 혈서를 쓰기 위해 제초기를 집어 들었다. 내 손가락 위에 제초기를 올려놓았다.

나는 뭐라도 해야 했다.

나는 나를 원망해야 했다.

누군가를 탓하기 전에 나를 탓해야만 했다.

코디네이터와 고동만을 내 손으로 응징하겠다는 결심이기도 했다.

손가락에서 피가 뚝뚝 떨어졌다. 나는 입고 있던 러닝셔츠를 북찢어 손가락을 감쌌다.

그렇게 해외로 도피해버린 코디네이터가 삼 년 만에 돌아온 게 오늘이다. 그런데 하필 그런 날 고동만을 닮은 어두운 그림자가 내 차에 탔다. 어두운 그림자가 내 택시에 오른 순간, 고동만 같다고 생각했지만, 좀 더 주의를 기울여 살피지 못했다. 그가 타자마자 대로로부터 전화가 걸려왔기 때문이다. 대로가 영란을 졸라 아빠에게 전화를 걸어달라고 졸라댄 것이다. 전화가 연결되자 대로가 아빠를 위해 노래를 부르기 시작했다.

아빠. 곰. 엄마. 곰. 애끼. 꼼……

대로의 노래가 스피커폰으로 새어 나왔다. 손님을 태운 채 스피

커폰으로 통화하는 것은 대단한 실례였지만, 이어폰을 깜박 두고 나와 어쩔 수 없었다. 스스로 내 손가락을 자른 데에는 수많은 이유가 있었다. 가장 큰 이유는 아내를 향한 내 죄책감 때문이었다. 나는 나에게 벌을 줌으로써 아내에게 사죄받고 싶었다. 손가락이 없는 나는 휴대전화기를 들고 통화할 수 없었다. 절단된 손가락이 왕만두처럼 동그랗게 뭉쳐지며 아물었다. 그 손으로 핸들을 잡으면 괴이해 보였다. 영란이 대로의 전화기를 뺏어 들었는지 대로가 제 것이라며 떼를 쓰는 소리가 들렸다. 영란이 정신없는 틈 속에서 소리쳤다.

오빠, 일찍 들어올 거지? 오늘 서 서방 지방에서 올라오는 날이야. 고삼 아들 돌보지도 않고 맨날 밖으로 돈다고 지랄이야.

걱정 마. 일찍 들어갈게. 대로야? 아빠, 일찍 들어갈게. 고모 말 잘 듣고 있어.

나는 손님이 탔다는 것을 잊은 채 대로를 달래느라 식은땀을 흘렸다. 아내를 그렇게 떠나보내고 어머니마저 치매에 걸리자, 영란에게 집안일을 떠넘기다시피 해서 미안했다. 정신이 나갔다 들어갔다 하는 어머니에게 대로를 온전히 맡길 수 없어서였다. 정 없는 서 서방이 처가 일에 시간을 뺏고 있는 영란에게 노골적으로 타박과 눈치를 주는 모양이었다.

혼을 빼앗긴 것처럼 정신없이 통화하는 사이 반포역이었다. 어두운 그림자가 이만 원을 건넸다. 나는 그제야 뒤에 탄 손님이 고동만일지 모른다는 생각이 뒤미처 들었다. 나는 어떻게 해야 할지 생각을 정리하느라 백미러로 손님을 힐끔거리며 만천오백 원을 제외한 거스름돈을 한 손으로 시간을 끌며 계산했다. 선글라스와 마스크를 쓰고 있어 도무지 확신이 서지 않았다. 침착하게 기다렸다 잔돈을 건네받은 어두운 그림자가 차에서 내리며 한마디 던졌다.

오랜만이야. 정우! 생각보다 잘 지내고 있군. 딸 이름이 대로인가 보지?

마스크를 내리며 말하는 그의 단단한 턱이 드러나며 마른 논바닥 같은 목소리가 선명히 들렸다. 그는 옥니를 드러내며 뻔뻔하게 웃고 있었다. 나는 그제야 정신이 번쩍 들었다. 그가 고동만이라는 걸 확인했을 때는, 그는 이미 차에서 내려 멀어지고 있었다. 나는 무언가에 홀린 사람처럼 멍해졌다. 정신을 차린 후 뒤따라 가봤지만, 그는 순식간에 사라지고 없었다.

눈앞에 두고 고동만을 놓쳤다. 그를 놓친 허탈감이 밀려왔다. 코디네이터가 내 인생을 망친 주범이라 해도 고동만에 대한 증오가 더 깊다. 마음을 열고 나눈 대화와 믿었던 마음, 서로의 설렁탕 국물에 잘게 썬 파를 넣어주던 소소한 정이 모두 계획된 음모와 거짓이라고 생각하니. 믿었던 사람과의 소중한 기억들이 속임수와 음모로 변질되었다. 고동만의 목소리를 다시 들으며 따뜻했던 기억들이 떠올랐지만, 그 속에 숨겨진 진실이 나를 더욱 아프게 했다. 마음을 열고 나눈 대화와 정이 모두 거짓이었다고 생각하자 과거의 따스함은 차가운 그늘로 변해버렸다. 이 모든 절망감을 느끼며, 나는 다시는 믿을 수 없는 세상에 홀로 남겨진 기분이었다.

하나만 빼고 다 가진 사람들이네.

고동만이 내게 했던 말이 떠올랐다. 라이프하우스의 사람들이 갖지 못한 하나는 생명이었다. 그들은 수단과 방법을 가리지 않고 생명마저 돈으로 사려고 했다. 생각할수록 그 끔찍한 범죄가 내 심장을 조여오는 듯했다. 고동만이 나를 희생양으로 지목한 사실이 미치도록 증오스러웠다. 그렇더라도 이 엄청난 범죄의 주동자는 코디네이터란 거물이다. 아내와 같은 또 다른 희생자가 나오지 않게 해야 했다. 그러나 아무도 내 말을 믿으려 하지 않는다.

내 삶을 엉망진창 진흙탕 속으로 던져버린 그들을 반드시 내 손으로 응징해야 했다. 그 생각이 내 마음속에서 끓어올라 의지를 다잡았다. 분노와 결의가 뒤섞인 감정 속에서, 이 끔찍한 상황을 끝내야 한다는 강한 열망을 느꼈다. 아무 죄의식도 없이 뻔뻔하게 웃고 있는 고동만을 눈으로 확인하자 그 마음이 더해져, 나는 결코 응징을 포기하지 않겠다고 다짐했다. 법으로 단죄할 수 없다는 현실을 직시하며, 직접 응징할 계획을 굳혔다. 어쩌면 다음 희생양이 나일지도 모른다는 두려움이 내 결심을 더욱 확고하게 했는지도 모른다.

나는 뭉툭해진 내 손가락을 바라보며, 제초기의 날카로운 칼날이 그들의 손가락을 향할 순간을 상상하면서 마음속으로 복수의 그림을 그렸다. 제초기를 조작하는 내 손은 떨릴 것이고, 차가운 칼날이 그의 손가락 마디를 관통할 때 내 심장은 더욱 빠르게 뛸 것이다. 그들의 고통스러워하는 표정을 떠올리며, 그들이 내게 가한 상처가 복수의 기쁨으로 바뀌는 장면을 머릿속에 그려보았다. 그들의 그 고통이 내 망가진 삶의 전부를 보상해줄 수는 없지만, 그들도 내 고통의 일부라도 느껴야 했다. 그래야 공평하지 않은가. 이 모든 것이 공평한 응징이라는 확신이 내 생각을 더욱 단단하게 했다.

코디네이터가 공항에 도착할 시각까지 시간 여유가 있었다. 영란과의 약속대로 일을 일찍 마치고 집에 들어갔지만, 영란은 이미 가고 없었다. 잠든 대로 옆에는 어머니가 모로 누워 있었다. 집은 늘 어두워 저녁 같았고, 낡은 집은 그늘지고 서늘했다. 찢어진 도배지와 수평이 맞지 않는 문짝, 녹슨 대문, 허물어진 담벼락은 모두 망가져버린 내 삶을 닮아 있었다. 영란은 매일, 이 허름한 곳에 와서 어머니와 씨름하며 대로를 돌봐주고 있다.

둥그런 양은 상 위에 나를 위한 밥상이 차려져 있었다. 된장찌개는 식어서 걸쭉해졌고, 고춧가루와 깻가루로 버무린 상추 겉절이는 수분이 마른 채 볼품없어 보였다. 식은 달걀말이에서는 비릿한 콩기름 냄새가 났다. 그나마 영란이 있었기에 받을 수 있는 밥상이었다. 영란이 없었다면 어머니와 대로를 어떻게 혼자 감당했을지 상상이 되지 않는다. 나는 담요를 끌어다 잠들어 있는 어머니의 등을 감싸주었다.

영란이 차려놓은 밥을 먹고 그릇을 씻은 뒤 주방 불을 껐다. 옆집에서 들려오는 소음이 귀에 감겼다. 여자의 말소리, 불평하는 아이 소리, 물소리, 그릇 부딪히는 소리까지. 어둠 속에서 소리는 더욱 선명하게 다가왔다.

나는 벽에 몸을 기대고 벽시계를 응시했다. 코디네이터가 공항에 도착할 시각을 재려고 시계를 뚫어지게 바라보았다. 마치 시계가 코디네이터라도 되는 듯. 시간을 재는 동안 심장이 빠르게 뛰었다. 일 분이 길게 느껴졌다. 시계의 초침 소리가 내 안에서 울리는 듯했다. 긴장감이 나를 압도했다. 그가 공항에 도착하는 순간이 점점 다가올수록 복수의 열망이 더욱 강해졌다. 이 모든 것이 내 손에 달려 있다는 생각에, 두렵기도 했다. 두려움을 떨쳐내려고 시선을 TV로 옮겼다. TV는 공허한 위로에 불과했다.

소리에 잠이 깬 대로가 내 품으로 파고들었다. 몽실몽실한 대로를 보듬어 안았다. 어머니가 돌아누웠다. 나는 다시 담요를 끌어다 어머니의 어깨까지 덮어준 뒤, 대로를 안고 옥상으로 올랐다. 종일 집 안에만 있는 대로를 위해 매일 밤 하는 일이었다. 그것이 내 하루의 마지막 일과였지만, 오늘은 해야 할 일이 하나 더 남았다. 코디네이터와 고동만을 응징해야만 하는 일이.

대로가 졸린 눈을 비비며 두 팔로 내 목을 감싸며 말했다.

아빠, 아무 이야기나 해줘.

나는 대로를 꼭 끌어안고 옥상 아래를 내려다보며 동화 구연을
하듯 중얼거렸다.

옛날 옛적, 한 마을에 아빠와 딸이 살고 있었어요. 그들은 새로
이사 온 집의 옥상에서 아름다운 경치를 바라보곤 했지요. 옥상에
서 내려다보면, 부드러운 안개가 떠 있는 논밭과 비닐하우스, 그리
고 비포장도로가 보였어요. 딸은 안개를 보며 아빠에게 묻곤 했어
요.

아빠, 저기 부옇게 떠 있는 것이 안개인가요?

아빠는 미소 지으며 대답했지요.

맞아, 저건 안개란다. 하지만 아빠에겐 마치 연기처럼 보이는구
나.

부녀는 한적한 풍경을 바라보며, 곧 이곳에 아파트가 들어설 거
라는 대화를 나눴어요. 딸이 물었어요.

아빠! 우리도 아파트에서 살면 안 돼요?

아빠는 고개를 끄덕이며 대답했어요.

그래, 그러자. 우리도 예전엔 24평 아파트에서 살았단다. 엄마
도 함께 살았지. 그때는 정말 행복했지만, 그게 행복이라는 걸 몰
랐단다. 불행하지 않으면 행복한 거라는 걸. 아무 일이 일어나지
않으면 행복한 거라는 걸. 언제나 소중한 것은 늦게 깨닫게 되지.

부드러운 달빛이 비추는 밤, 대로는 아빠 품에 안겨 잠이 들었다. 작은 얼굴에 편안한 미소를 띤 채. 대로를 조심스럽게 어머니 곁에 눕히고, 담요를 덮어주었다. 그런 뒤 대로를 오랫동안 사랑스럽게 바라보며 부드러운 손길로 머리를 쓰다듬었다. 어두운 방은 고요하고 잠잠했고, 할머니와 손녀가 함께 웅크리고 자는 모습은 무척 평화로워 보였다. 그때까지 행복의 작은 불씨는 꺼지지 않고 남아 있었지만, 나는 그 순간까지 그것이 내게 남은, 내가 지켜내야 하는, 내게 주어진 행복이라는 걸 깨닫지 못했기에, 잠든 어머니와 대로를 집에 두고 차에 올라 시동을 걸었다.

조용한 비포장 길을 벗어나자, 불빛이 밝은 확 트인 아스팔트 도로가 펼쳐졌다. 인천공항 방향으로 빠르게 차를 몰았다. 공항 주변은 조명 빛으로 가득 차 있었다. 공항 주차장에 차를 세웠다. 택시를 가져온 게 후회됐다. 오늘 고동만이 내 택시를 탔기에 내 차량 번호를 기억할 것이다. 주차장이 아무리 넓더라도 택시는 사람들 눈에 잘 띨 수 있었다. 고동만이 코디네이터를 마중 나오기로 했다면 그와 마주칠 수 있을 것 같았다. 일단 몸을 숨겨야 했다.

공항 내부로 들어섰다. 밤인데도 여행객들과 승무원들의 활기찬 모습이 곳곳에 넘쳐났다. 나는 화장실 칸 안으로 들어가 몸을 숨긴 뒤 배낭에 넣어온 미니 제초기를 확인했다. 긴 손잡이를 떼어내고 가방에 넣어 다니기 좋게 제작한 것이다. 충전용 미니 제초기는 버튼만 누르면 날이 날카롭게 돌아갔다.

초조해서 수시로 시계를 들여다봤다. 뉴욕에서 인천까지의 비행기 도착 시각과 짐을 찾고 출구까지 걸어 나오는 소요 시간을 계산해놓았다. 내 계산이 정확하다면 코디네이터가 출구로 나오기 오 분 전이었다. 계획을 행동으로 옮길 응징의 시간이 다가왔다. 막 변기에서 일어나려는 순간, 화장실 칸 밖에 누군가 서 있는 것이 느껴졌다.

신발이 화장실 칸 밑으로 보였다. 화투패가 그려진 단화였다. 그런 신발은 흔치 않은 것이었다. 숨을 죽여 신발을 재차 확인했다.

고동만!

지금 화장실 칸 밖에 서 있는 사람이 고동만일지 모른다는 확신에 소름이 돋아 손에 땀이 찼다. 고민할 시간이 없었다. 원한을 갚기 위해 삼 년을 기다려왔다. 지체할 시간이 없었다. 나는 고동만을 먼저 응징하기로 계획을 바꾸었다. 심호흡을 크게 한 뒤 배낭 속에 넣어둔 제초기를 꺼내 들었다. 제초기를 잡은 손이 부들부들 떨렸다.

눈을 질끈 감고 화장실 문을 벌컥 열어젖혔다. 눈을 감은 채로 제초기 버튼을 누르며 좌우로 휘저었다. 목숨은 해치지 않고 단지 손가락만을 절단하겠다는 응징 계획이었지만, 두려움 때문인지 앞도 보지 않고 좌우로 마구 휘둘렀다. 날카로운 기계 소음이 유난히 크게 울렸다.

소리에 놀란 사람들이 모여들며 비명을 질렀다. 제초기를 휘젓는 나도 공포감에 사로잡혔다. 내 행동은 점차 누군가를 해치려는 것이 아니라 나를 보호하기 위한 방어적이고 허술한 모습으로 비쳐졌다. 용기를 내어 감은 눈을 뜨려 할 때, 무전기 소리가 들렸다. 그 순간 누군가 내 허리를 걷어찼고, 나는 앞으로 꼬꾸라졌다.

건장한 사내들이 달려들어 나를 제압했다. 내 두 팔이 뒤로 꺾이자, 쥐고 있던 제초기가 고동만의 실체가 아닌, 화투패가 그려진 마네킹 신발 위로 떨어지며 공허한 소리를 냈다. 그 소리는 마치 내가 하려던 복수의 계획이 얼마나 허술했는지를 드러내는 듯했다. 나의 행동은 얼떨결에 저지른 바보 같은 실수로 가득 차 있었다. 주변의 혼란 속에서 나는 오히려 더 큰 허술함을 드러내며, 내 의도가 얼마나 우스꽝스러웠는지를 깨닫게 됐다.

주변의 비명과 놀란 사람들의 시선이 나에게 쏠리자 혼란에 빠졌다. 공격의 순간에 내가 무엇을 원하는지, 어떻게 목표를 이룰 수 있는지조차 잊었다. 제초기를 힘껏 휘둘렀지만, 허공만 가르고 말았다. 제초기가 마네킹 신발 위로 떨어지는 공허한 소리는 나의 준비가 얼마나 허술했는지를 상징적으로 보여주었다. 복수의 주인공이 되기보다는 웃음거리가 되어버린 나는, 화투패가 그려진 운동화를 화장실 앞에 놓아둔 고동만의 꾀임을 뒤늦게 깨닫게 되었다.

나는 공항 화장실에서 난동을 부린 죄로 현장에서 붙잡혔다. 살인미수죄로 기소된 나는 변명하며, 그간 겪은 억울한 일들을 털어놓았지만 아무도 나를 동정해주지 않았다. 오히려 나를 미친 사람 취급했다. 전후 사정을 이야기한 탓에 도리어 계획적인 살인을 실행하려 했다는 혐의로 형량만 늘어났다. 죽어가는 환자를 살리기 위해 힘써온 그런 사람에게 원한 따위나 품는, 그저 나는 사회 안에서 불신과 원망, 분노로 가득 찬 부류의 사람으로 낙인찍혔다.

혼란과 절망 속에서도 희망을 놓을 수 없었다. 나에게는 어린 대로와 치매에 걸린 어머니가 있었다. 억울함을 호소할수록 나는 반성할 줄 모르는 살인미수자로 취급되었다. 형을 경감받기 위해 반성문을 썼다. 그 길밖에 방법이 없었다. 반성문은 모든 죄를 인정한다는 의미였다.

영란이 가끔 면회를 왔다. 나는 투명한 유리창을 놓고 그녀와 마주 앉았다. 영란은 면회 올 때마다 울고불고하며 오장육부를 뒤집었다. 긴장된 감옥의 분위기 안에서 그녀의 행동은 세상 밖의 느낌을 안겨주었다. 나는 슬픔과 걱정이 담긴 눈으로 영란을 위로했다.

오빠는 여기에 있으니까 몰라. 내가 얼마나 힘든지. 오빠는 여기서 주는 밥이나 먹고 빈둥대면 그만이지만, 나는 온종일 동동거려야 해. 엄마 때문에 미치겠어. 이제는 엄마가 옷에 똥까지 지려. 돈이 있어야 요양원에 모시든가 하지. 대로는 어떻고. 잠깐만 정신을 팔면 온 동네를 뒤져야 할 정도로 구잡스럽다고. 강아지처럼 묶어둘 수도 없고. 돈이 있어야 어린이집에라도 맡기지. 나 혼자 미치겠어. 오빠 때문에 내가 미치겠다고. 왜 다들 날 못살게 구는 건

데. 집 안이 엉망이니 서 서방까지 이제 대놓고 바람질이야. 오빠 때문에 내 삶도 엉망이 됐어. 오빠, 나도 좀 삽시다. 미칠 것 같다고. 죽을 것처럼 힘들다고…….

영란은 마음속에 있는 말을 다 쏟아내지 못하고 돌아갔다. 면회 시간이 짧았기 때문이다. 영란에게 미안한 마음이 들었다. 감옥에서의 내 목적은 오직 하루라도 빨리 출소하는 것이었다. 이제 억울함을 호소하거나 미움, 원망을 드러내는 일은 중요하지 않았다. 오직 출소만이 내 삶의 목표가 되었다. 나는 수감자들과 잘 지내며, 교도관들에게 모범수로 보이도록 근면 성실하게 행동했다. 감옥 내에서 운영하는 프로그램에 성실히 참여하며, 내 상황에 맞는 교육을 찾으려 애썼다. 한 손이 자유롭지 못한 내가 할 수 있는 일은 제한적이었지만, 모범수가 배우는 프로그램에 적극 참여 하려는 의지를 보였다.

나는 기술을 연마하기보다는 잡일을 했다. 주로 빨래를 세탁하는 일이었고, 병원이나 요양원에서 온 세탁물을 한 손으로 옮겨 담고 나르는 일을 했다. 그것은 힘든 노동이었다. 나는 죽을힘을 다해 일했다. 매일 반성문도 썼다. 어린 딸과 치매에 걸린 어머니를 위해 하루빨리 출소할 수 있도록 도와달라고, 내 어리석음을 뼈저리게 뉘우치고 있다고 판사에게 편지를 보냈다. 내 끈질김과 성실함 덕분에 드디어 형을 경감받을 수 있었다. 오 년 형이 이 년으로 줄어든 것이다.

감옥 문이 열렸다. 나는 긴 감옥 생활을 마치고 나왔다. 햇살이 눈이 부시도록 나를 반겨주었다. 나는 눈을 찡그리며 청명한 하늘을 올려다보았다. 새롭게 시작할 삶에 대한 열망이 가슴속에서 넘쳐나며 입가에 미소가 번졌다. 자유의 몸이 되어 행복함이 밀려왔다. 신선한 공기를 깊게 들이마시며 천천히 걸었다.

지금쯤 영란은 어머니와 실랑이 중일까. 대로는 고모의 커다란 신발을 끌고 위험한 동네를 배회하다가 영란에게 붙잡혀 혼나고 있을지도 모른다. 그 생각에 걸음이 빨라졌다. 바람이 얼굴을 스치고, 나무의 잎들이 흔들리며 새로운 시작을 알리는 듯했다. 자유와 해방감이 온몸을 감싸며, 마치 세상이 나를 축복해주는 듯한 기분이 들었다. 모든 것이 새롭게 느껴졌고, 앞으로의 삶에 대한 기대감으로 가슴이 뛰었다.

종종걸음으로 버스 정류장까지 가서 버스에 몸을 실었다. 집까지 가려면 여러 번의 교통수단을 이용해야 했다. 지하철을 타고 몇 정거장을 지나 하차한 뒤, 버스 정류장으로 이동해서 다시 버스를 탔다. 이제 비포장도로로 사거리까지 걸어가서 건널목만 건너면 그토록 달려가고픈 집이었다. 집에 가는 데 이 년이나 걸렸다.

택시는 없다. 영란이 팔아버려서 생활비로 썼다. 설령 택시가 있어도 내 자격증은 정지되어 운행할 수도 없다. 살인미수 전과자는 택시를 몰 수 없기 때문이다. 하지만 크게 걱정하지 않는다. 나는 감옥에서의 이 년 동안 세탁하는 일을 열심히 했다. 출소 전날

교도관이 내게 명함을 주었다. 세탁 공장 사장의 명함이었다. 그의 소개로 가면, 내게 필요한 도움을 받을 수 있을 것, 이라고 했다.

나는 도심의 소음과 붐비는 인파로부터 멀리 떨어진 자갈로 덮인 비포장길에 서 있다. 건널목만 건너면 집이다. 나는 평화로운 눈으로 한가하고 조용한 주변을 둘러보고 있다. 노후화된 모습 그대로다. 시원한 바람이 얼굴을 스치는 순간 초록불로 바뀌었다. 신호가 바뀌는 것을 확인하고 걸음을 떼는 순간 퍽 하는 소리와 함께 내 몸이 공처럼 튕겨 올랐다. 순간 시간이 멈춘 듯했고, 순간의 충격에 정신이 혼미해졌다. 기대에 부풀어 집 앞 신호등 앞에 서 있던 나를 불행이 또 덮쳤다. 예견된 불행일까. 또 누군가 계획한 불행은 아닐까. 차가 내 몸을 던지듯 때리며 멀어졌다. 나는 내동댕이쳐졌다. 정신이 혼미해지는 나를 바람이 다가와 흔든다. 나는 힘겹게 눈꺼풀을 들어올린다. 주변의 모든 것이 불안정하게 흔들린다.

희미한 의식 속에서도 희뿌연 안개 속에 서 있는 여자아이가 보인다. 마치 아빠를 마중 나온 아이 같다. 어른의 커다란 신발을 신고 있는 아이의 시선은 사고 현장에 고정되어 있다. 떨리는 손에는 무언가를 꼭 쥐고 있지만, 내용물은 알 수 없다. 단지 그 손의 떨림이 불안한 마음을 대변하는 듯하다. 아이의 눈은 슬픔과 두려움으로 가득 차 있으며 안갯속 비밀처럼 슬퍼 보인다. 지나가는 자동차의 퍽 하는 소리가 고요함을 깨뜨리며 멀어지는 순간, 아이는 세상의 무게를 느끼는 존재가 되어 서 있다.

나는 입술을 달싹거린다. 바람이 볼을 때리며 다가와 듣는다.

전해줘. 아빠가 많이 사랑한다고.

바람이 아이를 향해 불어간다.

즈려밟은 꽃

이 여정을 통해 과거와 미래가 화해할 수 있을까.

종수는 고속버스 의자에 깊숙이 몸을 파묻었다. 버스가 고속도로에 진입하며 엔진 소음이 더해지자, 종수의 머릿속은 술기운으로 흐릿한 기억들로 가득 차올랐다. 안전벨트를 착용하고 눈을 감자, 과산화수소 냄새가 코를 스치며, 지우고 싶은 지원의 얼굴이 떠올랐다. 종수는 더는 그 환시를 견딜 수 없어 힘겹게 눈을 뜨고 창밖을 바라보았다. 차창에 비친 종수의 모습은 고뇌와 상념이 얽힌 복잡한 감정을 담고 있었다. 깊은 한숨이 종수의 입술에서 고름처럼 흘러내렸다. 짙은 남색의 하늘에 총총히 떠 있는 별들마저 종수를 응시하는 듯했다. 종수는 자신이 괴로워하고 있는 모든 것을 지워내고 싶었지만, 시간의 흐름 속에서도 쉽게 지워지지 않을 것 같았다.

종수는 스스로를 구조할 방법을 찾기 위해 애쓰며, 시간의 흐름이 그 상처를 덜어줄 것이라는 희망을 되뇌었다. 하지만, 그 희망은 한편으로는 조심스러운 기대에 불과했다.

종수는 지원을 화장한 후 그녀의 유골을 납골묘에 안치했다. 지원에게는 가족이 없었고, 종수는 지원의 장례를 상주로서 책임지게 되었다. 종수의 연락처가 지원의 보호자 정보에 기재되어 있었기 때문이다. 장례를 마친 후, 자정이 가까운 시간에 집으로 향하기 위해 발걸음을 옮겼지만, 온전한 정신으로 귀가할 수 없을 것 같았다.

종수는 집 앞의 포장마차로 들어섰다. 갈증을 해소하기 위해 소주를 잔뜩 들이부었다. 소주 네 병을 비우고 나자, 둥그런 테이블이 빙글빙글 돌기 시작했다. 지원의 얼굴도 함께 빙글빙글 도는 것 같았다.

꺼져, 제발. 제발 꺼지라고!

종수는 버럭 소리 지르며 솟구쳐 일어섰다. 몸이 갈대처럼 휘청거리며 다리에 힘이 풀렸다. 몸을 바로잡으려는 순간, 테이블을 붙잡았으나 체중을 이기지 못한 테이블이 가벼이 뒤집혀 소주병들이 박살 났다. 닭볶음 사발이 구르며 붉은 양념이 피처럼 흩어지고, 어묵 사발이 뒤집히며 바닥을 적셨다. 사람들의 시선이 일제히 종수에게 쏠렸다. 놀란 주인아주머니가 행주치마로 젖은 손을 닦으며 종종걸음으로 다가왔다. 종수는 휘청거리는 몸을 바로 세우기를 반복하며 득의양양하게 지갑을 펼쳤다.

이거면 되겠습니까?

종수는 혀가 꼬인 말을 대신하듯 지폐를 한 움큼 뽑아 쥔 손을 뻗었다. 미안하다는 말 대신 오만한 눈빛이었다. 종수의 눈과 주인 아주머니의 눈이 교차했다. 주인아주머니가 어머니처럼 보였다. 종수는 무력하게 고개를 떨구었다. 왜 고생한 사람들의 얼굴은 한결같이 닮아 있는 것일까. 고생은 얼굴에 흉터로 남는 것일까. 그래서 고생한 사람들의 얼굴이 하나같이 어머니를 닮아 있는 것일까.

종수의 나이 열아홉 살 때 어머니가 객사했다. 종수는 어머니를 죽음으로 몰았다는 죄의식 때문에 자살을 실행에 옮긴 적 있었다. 종수는 마음속으로 "어머니!" 하고 외치며 도망치듯 포장마차를 나왔다. 밖으로 나와 휘청거리는 몸을 바로 세우려 애쓰며 포장마차를 응시했다. 포장마차 안을 밝히는 탁구공만 한 백열전구가 종수의 시선을 강하게 잡아끌었다. 포장마차는 갓을 씌운 전등 같았고, 빛을 밝게 비춰주는 따뜻한 어머니 품처럼 느껴졌다. 둥그런 백열 전구는 어머니 같았다가, 퉁퉁 부은 지원의 얼굴로 바뀌었다.

종수는 땅이 꺼지도록 한숨을 쉬었다. 그 입김에 싸라기눈이 힘 없이 녹아내렸다. 종수의 입에서 픽픽 웃음이 새어 나왔다. 종수는 실성한 사람처럼 한참을 웃다가 갈지자를 그리며 뛰기 시작했다. 줄행랑을 치듯 뛰는 동안 지원의 얼굴이 뒤따라왔다. 지원의 환시가 보일 때마다 꺼삐딴 누나가 생각났다. 종수는 뛰던 걸음을 멈추고 몸을 던지듯 차도까지 나가 택시를 잡아 세우며 횡설수설했다.

꺼삐딴 누나가 있는 병원으로…… 아, 아닙니다. 고속버스 터미널로 갑시다.

고속버스는 밤새 달려 동틀 무렵에 동서울터미널에 도착했다. 버스에서 내린 종수는 어둠이 걷히지 않은 터미널을 빠져나와 택시 정류장으로 향했다. 술이 깨고 정신이 들자, 서울행 버스에 몸을 실은 것을 후회했다. 돌아갈까도 생각했지만, 어디로 돌아가야 할지 몰랐다. 의료사고 환자인 지원이 자살하자, 종수는 더는 뻔뻔해질 자신이 없어 사표를 썼다. 그러니 돌아갈 곳이 없었다. 단 하루도 쉬는 날이 없었던 종수에게 무력한 시간이 주어졌다. 쓸모없는 존재가 된 기분마저 들었다.

새벽의 터미널은 스산한 기운이 감돌았다. 종수는 어깨를 움츠리며 택시 정류장 쪽으로 걸음을 옮겼다. 종수의 모습을 발견한 택시가 미끄러지듯 다가와 멈췄다. 종수는 찬 몸을 택시 안으로 밀어 넣으며 말했다.

봉천동 꽃병원으로 가주세요.

택시는 총알처럼 움직였다. 택시 안은 따뜻했다. 종수는 창밖으로 시선을 고정했다. 포장마차의 백열전구가 종수를 뒤따라온 것일까. 탁구공만 한 불빛을 박은 가로등이 길을 밝히고 있었다.

기사가 새벽의 침묵을 깨듯 서글서글한 눈으로 백미러를 바라보며 말을 걸었다.

꽃병원이라고 하셨죠? 그 병원은 헐린 지 삼십 년이 넘었습니다.

헐리고 없어졌다니, 그럼 기사는 도대체 어디로 데려가고 있는 것일까. 물어볼 틈도 없이 기사가 계속 주절댔다.

가보시면 알겠지만, 병원이 있던 자리는 아파트가 들어섰습니다. 꽃병원이 있었을 당시엔 그곳이 완전 촌 동네였다는군요. 그런데 이것도 인연이라면 인연이네요. 한 달 전에 꽃병원을 찾는 손님을 태운 적이 있거든요.

기사는 종수보다 젊어 보였다. 종수는 기사가 무슨 말을 지껄이려 하는지 묵묵히 들어보기로 했다.

한 달 전에 태운 손님은 오십 대 초반의 중년 여성이었습니다. 봉천동에 있는 꽃병원에 데려다 달라고 하더군요. 저는 차를 출발시키며 검색창을 띄웠지만, 꽃병원이 검색되지 않았습니다. 그러자 손님이 저를 붙잡고 사정하며 꽃병원을 찾아야 하는 사연을 들려주었습니다.

그 손님은 이모를 찾고 있었습니다. 외할머니에게는 언니가 한 명 있었는데, 6·25 때 남편을 따라 월북하며 딸을 전쟁고아들을 돌보는 곳에 잠시 맡겨두고 갔답니다. 도망다니는 처지라 어쩔 수 없는 선택이었다고 하더군요. 이후 외할머니가 돌아가시고, 어머니는 먹고사는 일에 바빠 고아원에 맡겨진, 그러니까 어머니에게는 사촌 동생이 되고, 그 손님에게는 이모가 되는 전쟁고아를 찾아볼 겨를이 없었답니다. 그게 내내 마음에 쓰였던지 손님의 어머니가 돌아가시기 전 유언처럼 말했답니다. 봉천동에 있는 꽃병원을 찾아 이영자라는 고아가 있는지 알아보라고요. 살았는지 죽었는지 생사라도 알아보라고요.

그런 정보만으로는 찾기 어렵지 않겠느냐고 했더니, 이모가 연분홍색 립스틱을 기억하고 있다면 가능할 수도 있다고 하더군요. 이모할머니가 딸을 고아원에 맡기면서 딸의 손에 연분홍색 립스틱을 징표로 쥐여주며 한 말이 있다고 하더군요. 그 말을 기억하고 있다면 찾을 수 있다고요. 6 · 25전쟁이 발발한 지 74년이 지났으니, 그때 버려진 이모가 지금 살아있다면 대략 80세쯤 되었겠네요. 막연하고 희미한 사연으로 특정 장소를 찾는 일이 드물어 기억에 남습니다.

지도에도 없는 꽃병원을 찾느라 고생했었죠. 그 손님의 사연이 하도 안타까워 물어물어 모셔다드렸지만, 꽃병원은 헐리고 없어져버렸더군요. '이모를 못 찾게 돼서 속상하겠습니다' 했더니, 그 손님이 이렇게 대답하더군요. '병원이 없어진 것은 사실이지만, 이모가 돌아가셨다는 걸 확인한 건 아니다'라고요. 혹시 손님도 전쟁 때 잃어버린 가족을 찾고 계신 건가요?

종수는 '전 찾을 가족도 찾고 싶은 가족도 없습니다. 그저 제가 살았던 동네에 꽃병원이 있었던 게 생각나……'라고 변명처럼 대답했다. 대답하면서 종수는 꺼삐딴 누나가 연분홍색 립스틱을 바르던 모습이 떠올랐다. 어쩌면 그 이모라는 사람이 꺼삐딴 누나일지도 모른다는 생각이 들었다.

종수가 꺼삐딴 누나를 꽃병원에서 만난 것은 수능시험을 봤던 삼십 년 전 겨울이었다. 종수는 가난과 알코올중독인 아버지, 매맞는 어머니 그리고 철없는 누나가 모두 싫었다. 누나는 집을 나간 뒤 아쉬울 때만 소식을 전했다. 그해 누나는 남산만 해진 배에 시퍼렇게 얻어터진 눈두덩을 한 채 집에 찾아와 돈을 마련해달라며 떼를 썼다. 이는 최근에 같이 살게 된 남자의 노름 빚 때문이었다. 아버지의 엄포와 이치에 맞지 않는 누나의 억지는 집을 소란하게 만들었다. 결국, 누나의 억지는 아버지도 이기지 못했다. 누나는 있는 속, 없는 속을 다 헤집어 파며 온 집안을 들쑤셔놓았다.

그럼, 나더러 어쩌라고. 애까지 생겼는데 살지 말라고?

누나가 여러 남자와 함께 살다가 헤어지는 일을 반복했지만, 아이를 배고 찾아온 적은 처음이었다. 어머니가 식당에서 월급을 가불해 온 다음에야 시끄러움이 종료됐다. 때를 맞춰 온 것인지 남자가 나타나 호기를 부리며 남산만 해진 배불뚝이 누나를 어르며 데려갔다. 누나는 어머니가 마련해준 돈 덕분인지 기세가 등등해져 따라나섰다. 종수는 그런 한심한 집에서 도망칠 수 있는 길은 공부

뿐이라고 생각했다. 가난이 수치스러워 죽을힘을 다해 공부했고, 결국 의대에 합격했다. 하지만 등록금을 마련해줄 형편이 아니었다. 종수는 첫 등록금만 해결해주면 나머지 학기는 알아서 다니겠다고 말했다. 어머니의 월급이 누나에게 미리 쓰여버린 상황임을 알면서도.

아버지는 늘 술값을 주지 않는다며 어머니를 매질했다. 술에 정신을 두고 사는 아버지와 철딱서니 없는 누나를 경멸해왔지만, 종수도 어머니에게 의지하게 됐다. 등록금 마감 날이 다가오자 종수는 불안해졌다. 예민해진 종수는 사소한 일에도 신경질을 부렸다. 종수는 아버지와 다르지 않았고, 누나와도 같았다. 희망을 잃은 어머니의 얼굴은 눈물로 망가져갔다. 핏기 없이 파리해진 어머니의 모습을 외면하고 싶어 밥상을 뒤엎고 대문을 박차고 나갔다. 종수를 붙잡는 어머니의 음성이 등 뒤에서 들렸지만, 종수는 아랑곳하지 않았다.

종수는 집을 뛰쳐나와 길을 헤매며 자신이 부끄러워지기 시작했다. 장학금을 받을 수 있는 지방대에 가기로 마음을 굳힌 후, 집으로 돌아와 어머니를 위해 저녁밥을 지었다. 그날 종수는 어머니를 오래오래 기다렸다. 오전에 파출부, 오후에 봉제공장 시다, 저녁에 식당에서 일하느라 새벽에 나갔다가 밤늦게 돌아왔지만, 귀가 시간만은 일정했다. 종수는 대문 앞에 웅크리고 앉아 어머니를 기다렸다. 개 짖는 소리가 소란했다. 종수는 골목을 걸어 내려가며 어머니를 만나면 미안하다고 말하고 싶었다. 그런데 어머니가 차가운 길바닥에 웅크린 채 쓰러져 있었다. 종수는 어머니를 보듬고 미친 듯이 흔들었지만, 어머니의 몸은 늘어져 있어 무거웠다. 종수는 어머니를 업고 병원을 향해 뛰었다. 뛰는 동안 미안하다는 말은 하지 않았다. 그 말을 하면 어머니가 다시는 눈을 뜨지 않을 것만 같아서였다.

어머니 품에서 종수의 등록금이 나왔다. 늦은 시간까지 식당 일을 한 뒤, 몇 달치 월급을 가불한 것이었다. 종수가 어머니를 죽게 만들었다. 어머니는 희망을 잃던 날 서둘러 떠나갔다.

어미 잡은 자식이 뭘 잘했다고 쳐 우냐?

빈소 앞에 앉아 우는 종수를 향해 아버지가 가래 끓는 소리로 불뚝거렸다. 아버지는 울홧술이라도 마시지 않으면 살 수 없을 것 같다며, 어머니 품에서 나온 등록금을 들고 나가 세상을 한탄하며 격노했다. 등록금은 아버지 술값과 어머니 장례비로 쓰였다. 어머니의 온기조차 사라져버린 집은 을씨년스러웠다. 어머니의 헌 옷가지마저 불에 태워지자 집은 폐허 같았다.

어머니를 죽음으로 몬 것은 종수 자신이라고 생각했다. 종수는 당당히 살 자신이 없었다. 종수는 산자락 아래 있는 병원 옥상으로 올라갔다. 동네에서 가장 높은 건물인 꽃병원 삼 층 옥상에서 아래를 내려다봤다. 춥고 두려워 환풍기 기둥에 몸을 붙이며 웅크려 앉앉다. 언 몸으로 떨어지면 과자 부스러기처럼 토막 나 흩어지겠지. 머리는 수박처럼 깨지고, 흘러나온 피는 굳어서 금방 응고돼버리겠지. 종수는 온갖 생각을 하며 다리를 떨며 난간 위로 올라섰다. 눈을 질끈 감았다. 다리가 후들거렸다. 바람이 죽음을 재촉하려는 듯 종수의 몸을 흔들었다. 마른 몸이 균형을 잃고 흔들렸다. 발끝으로 몸의 중심을 잡았다. 눈물 범벅이 되어 흐려진 시야로 아래를 내려다봤다. 사람들이 언제부터인지 위를 올려다보며 웅성거리고 있었다. 누군가 소리쳤다. 아래를 내려다보느라 몸의 무게가 앞으로 기울었다.

종수는 병원 침대에서 눈을 떴다. 크게 다치지 않았다는 사실에 안도했다. 한쪽 다리는 흰 석고로 감겨 있었다. 어머니가 일하던 식당 사장이 찾아왔다. 사장은 어머니가 가불한 돈을 여러 번 언급하며, 어머니의 죽음이 식당 일과 전혀 관련이 없다는 것을 강조했다. 종수는 그가 찝찝한 마음을 그렇게라도 털어내고 있다는 것을 느꼈다.

폐허와 같은 집보다 병원이 더 편안하게 느껴졌다. 꽃병원의 의사는 매일 회진을 돌았고, 간호사는 정해진 시간에 약을 가져다주었다. 간병인들은 수시로 드나들며, 청소하고, 시트를 갈고, 식사 때면 침대에 부착된 접이식 상 위에 식판을 올려놓았다. 종수의 병실은 306호 옆방으로, 육인실이었다.

종수의 병실에는 발목에 추를 매단 환자가 있었다. 그는 발목에 곶감 막대기처럼 쇠막대기를 꽂은 뒤 저울처럼 양쪽에 쇳덩어리를 매달고 있었다. 쇳덩어리 무게로 접힌 무릎을 펴는 치료였다. 환자가 조금만 몸을 움직여도 추가 그네처럼 흔들렸다. 그때마다 환자는 자신의 고통을 생살을 후벼 파는 아픔에 비유했다. 이 원시적인 치료는 환자가 통증을 고스란히 감당해야 했다. 종수는 처음으로 자신의 고통이 아닌 타인의 고통을 보게 되었다. 환자는 고통을 잊기 위해 매일 밤 기타를 쳤다. 누구도 시끄럽다거나 불만을 호소하는 환자는 없었다.

그때마다 미소가 많은 간호사가 달려와 침대 곁에서 찬송가를 불렀다. 성악처럼 묵직한 음성은 그녀의 작은 몸에서 나왔다는 것이 믿기지 않을 만큼 웅장했다. 그 소리는 긴 복도를 타고 병실마다 흘러들었다. 기타 소리와 찬송가 소리 외에도 긴 복도를 타고 흘러나온 소리가 있었다.

선생님…… 아줌마…… 내 몸 좀 뒤집어주세요.

밤마다 들리는 그 소리는 자명종 시계를 맞춰놓은 듯 간격이 일정했다. 마치 녹음기를 틀어놓은 것처럼 들렸다. 그 소리는 306호에서 나왔다. 종수가 그 방을 엿본 것은 부러진 다리가 거의 아물어 목발을 짚고 움직일 수 있을 때였다. 점심시간에 우연히 지나다가 열린 병실 문 사이로 안을 들여다보았다.

네 개의 침대가 보였다. 한 환자의 얼굴은 커다란 쟁반 같았다.

둥그런 쟁반 같은 얼굴색은 핏기가 없어 광목천을 뒤집어쓴 탈바가지처럼 보였다. 또 다른 환자는 앙상한 팔다리가 마치 꽈배기 같았고, 눈은 천장을 응시하고 있었다. 이는 1959년 일본 구마모토현 미나마타만 연안에서 신일본 질소 공장 폐수로 인해 금속 수은이 어패류에 축적되어, 그것을 먹은 사람들에게 발병한 병이었다.

306호의 방 안은 배변 냄새로 가득 차, 마치 지옥의 방처럼 느껴졌다. 과산화수소 약품조차 그 역한 냄새를 누르지 못했다. 종수가 서둘러 지나치려 할 때, 그 방에서 유일하게 앉을 수 있는 환자가 종수를 불러 세웠다. 그 환자는 침대를 반쯤 세워 기대어 앉아 있었다.

저기, 이리 와봐. 나 밥 좀 먹여주고 가.

그 환자의 음성은 밤마다 들려왔던 자명종 소리와 같았다. 종수는 얼결에 들어가 수저를 집어 들었다. 환자는 종수가 밥을 잘 먹여줄 수 있도록 자신의 상태를 설명했다. 그녀는 수저의 기울기에 따라 밥을 먹을 수 있었고, 물은 빨대로 마셔야 했다. 그날 반찬은 묵은지를 넣고 조린 고등어조림이었다. 종수는 등 쪽에 녹색을 띤 흑색 물결무늬를 벗겨낸 뒤, 흰 살을 발라 국물에 간이 배게 해서 주었다. 종수 스스로 생각하기에도 무척 섬세한 행동이었다.

환자는 생선을 거부하며 고개를 저었다.

여기 세 명의 환자는 병든 생선을 먹어 저렇게 된 거야.

종수는 생선 대신 물컹한 가지볶음을 수저 위에 올렸다. 밥을 다 먹여준 뒤 엉거주춤 서 있다가 나가려 할 때, 환자가 붙잡듯 말했다.

저거, 여기 상 위에 올려줘.

환자가 눈으로 가리킨 것은 낡은 파우치였다. 종수가 파우치를 상 위에 올려주자, 환자는 갈고리처럼 꼬부라진 가느다란 손가락을 힘겹게 움직였다. 지퍼가 천천히 열리자, 그 안에서 손거울과 연분홍색 립스틱이 드러났다. 손거울을 조심스럽게 집어 올린 후, 환자는 고개를 숙여 거울을 바라보았다.

떨리는 환자의 손이 립스틱을 움켜잡았다. 입술에 립스틱을 바르기 위해 손을 가져갈 때, 몸의 불편함이 느껴지는 듯한 표정이 스쳐 지나갔다. 입술에 대기 전 그녀는 한숨을 짧게 내쉬며 잠시 멈추었다. 환자는 조심스럽게 립스틱을 입술에 대고, 적당한 힘으로 부드럽게 밀었다. 립스틱이 입술 위에서 부드럽게 미끄러지며 선명한 연분홍색으로 물들어갔다. 고개를 숙인 채로 거울을 바라보는 그녀의 얼굴은 집중하는 듯한 표정을 지었다.

환자는 립스틱을 다시 꺼내어 입술의 경계를 정리했다. 손가락에 묻은 색을 조심스럽게 닦았다. 그 모든 동작은 자신을 가꾸려는 강한 의지가 엿보였다. 종수는 우두커니 서서 슬픈 동작을 한참 동안 넋을 잃은 듯 바라보다가 조용히 돌아섰다.

저기.

환자가 다시 종수를 붙잡았다.

밥때마다…… 나 밥 좀 먹여줘.

종수는 대답 대신 고개를 끄덕였다. 그 후, 종수는 식사 때가 되면 밥을 먹는 둥 마는 둥 하고 306호로 갔다. 얼결에 한 약속 때문이었지만, 하다 보니 당연히 해야 할 일처럼 여겨졌다. 인습적인 봉사로나마 어머니를 죽음으로 몰았다는 죄스러운 마음을 속죄 받고 싶었다.

꺼삐딴 누나라고 불러.

종수는 말끝마다 "저기요"라고 불렀고, 꺼삐딴 누나는 자신을 누나라고 불러달라고 했다. 외관은 할머니처럼 보였지만, 누나라는 호칭을 원했다. 꺼삐딴 누나는 늘 환자복을 입고 있었고, 머리는 밟힌 갈대처럼 한 방향으로 뉘어져 있었다.

꺼삐딴 누나는 밥을 먹는지 말을 하기 위해 밥을 먹는지 구분되지 않을 만큼 수다스러워졌다. 대화가 그리웠던 것은 외로움 때문일 것이다. 종수를 붙잡고 이런저런 말을 쏟아냈지만, 종수는 별 관심 없이 고개만 끄덕였고, 가끔 형식적으로 웃어 보였다. 그럼에도 불구하고 꺼삐딴 누나는 쉬지 않고 주절거렸다.

6·25 전쟁 중 한 청년이 봉천동에 천막을 치고 전쟁고아들을 돌보기 시작했어. 부모 없는 아이들을 위해 시래기를 주워 된장국을 끓여 밥을 말아 먹였어. 난리 속에서도 소문이 퍼지자, 한 의대생이 의료봉사를 하겠다고 나섰어. 전쟁이 끝난 후에도 두 청년은 고아 돌보기를 계속했어. 후원이 늘고 나라의 의료지원도 받게 되

자 천막을 친 곳에 보육원과 병원이 세워졌어. 병원 이름은 버려진 고아들을 꽃에 비유해 '꽃병원'으로 지었대.

그 의대생이 날 이렇게 수술해놓았어. 아이들과 놀다가 산 아래로 굴러서 많이 다친 모양이야. 깨어나 보니 내가 이렇게 되어 있었어. 그때는 너무 어렸고, 난 고아였어. 내가 왜 이렇게까지 됐는지 물어봐줄 사람이 없었어. 꽃병원에서 부모 없는 아이들을 돌보고 치료해준다는 소문을 듣고, 부모들이 병든 자식들을 몰래 버리고 가기도 했어. 무료로 치료받게 하려고. 그 의대생은 그런 아이들을 대상으로 의료 경험을 쌓았어. 수술이 잘못 돼도 항의할 보호자가 없는 우리 같은 환자들 덕분에 의료 경험을 쌓은 거지. 날 꺼삐딴이라고 부르기 시작한 것은 그 의대생이었어. 꺼삐딴은 영웅이란 뜻이래.

너는 모를 거야. 누워서 보는 세상과 서서 보는 세상이 얼마나 다른지. 내 몸은 처음부터 이러지 않았어. 수군거리는 말에 의하면 의료사고였대. 수술 중에 신경을 건드린 모양이야. 난 따질 힘이 없어. 병원이 날 버리지 않는 것만도 고마워해야 할 처지니까. 그 의대생이 회진을 돌 때마다 날 보며 이렇게 말하곤 했어. '의료기술에 기여한 우리의 영웅 꺼삐딴'이라고 말야.

꺼삐딴 누나는 말하다 말고 꺽꺽거리며 웃어댔다. 꺼삐딴 누나는 말하느라 밥을 오래 먹었다. 밥을 먹은 뒤 연분홍색 립스틱을 바르는 것도 잊지 않았다. 다 바른 뒤 예쁘냐고 물었다. 종수는 촌

스러운 색이라고 생각했지만, 네, 라고 대답해주었다. 종수가 긍정해주자 꺼삐딴 누나는 기분이 좋은지 뻣뻣하게 굳어진 몸을 뒤로 젖히며 꺽꺽 웃어댔다. 누워만 있는 꺼삐딴 누나가 왜 그렇게 열심히 립스틱을 바르는지 궁금했다. 꺼삐딴 누나가 정성을 들여 립스틱을 바를 때마다 종수는 그 슬픈 동작을 물끄러미 바라보곤 했다.

종수는 꺼삐딴 누나에게 밥을 먹여주는 시간 외에 책을 읽으며 지루한 시간을 보냈다. 종수는 종종 책을 읽다 말고 밥을 먹여주러 가기도 했다. 종수의 손에는 늘 책이 들려 있었다. 그때마다 꺼삐딴 누나는 종수를 부러운 눈으로 바라보며 한 구절만 읽어달라고 했다. 자신은 글을 배우지 못해 읽을 줄 모른다며.

당시 종수가 읽고 있던 책은 너새니얼 호손의 『주홍글씨』였다. 종수는 책을 읽다 좋은 구절이 있으면 표시해놓는 버릇이 있었기에 접어둔 페이지를 바로 펼칠 수 있었다. 기왕이면 인상 깊었던 구절을 읽어주고 싶었다.

우리가 지은 죄는 남을 해치지는 않았으나 남의 마음에 성역을 침범한 죄야말로 가장 큰 죄인이오.

꺼삐딴 누나는 너무 어렵다며 이해하기 쉽게 설명해달라고 했다. 종수는 꺼삐딴 누나가 이해하기 쉽게 예를 들어 설명했다.

꺼삐딴 누나를 수술했던 의대생은 좋은 의도로 수술했지만, 결과적으로 누나를 불행하게 만들었으므로 죄를 지은 것이다, 라는 의미라고. 종수는 그렇게 예를 들어 설명하지 말았어야 했다. 이렇게 예를 들었어야 옳았다. 이기적인 아들이 있었다. 아들은 어머니가 등록금을 마련할 능력이 없다는 것을 알면서도 자신의 욕망 때문에 어머니를 죽음으로 몰았다. 아들은 직접 어머니를 죽이지는 않았지만, 어머니를 죽음으로 몰았으므로 의도치 않게 죄를 지은 것이라고, 그렇게 예를 들었어야 옳았다. 보지 않으려 해도 순간순간 자기 모습이 보일 때가 있다. 그럴 때마다 마음속으로 변명을 시작하게 된다. "나의 유년은 늘 불행했어. 행복한 기억이라곤 단 한 번도 없었어. 난 그때 집에서 도망치고 싶은 마음뿐이었어"라고.

종수가 꽃병원을 퇴원하던 날, 꺼삐딴 누나에게 마지막으로 밥을 먹어주었다. 꺼삐딴 누나에게 밥을 먹여주는 착한 선행을 함으로써 모든 죄가 사면되어 출소하는 기분이었다. 꺼삐딴 누나에게 밥을 먹여주며 종수의 마음에도 새살이 돋았다. 이제 퇴원하면 의대가 있는 지방으로 내려가야 하고, 내려가면 집에 올 일은 없을 거라고, 그래서 더는 밥을 먹여줄 수 없게 됐다고 작별 인사를 하자, 꺼삐딴 누나가 말했다.

그동안 고마웠어. 넌 꼭 훌륭한 의사가 될 거야. 의료사고 환자에게 영웅이란 별명을 지어주며 자신의 죄를 회피하는 그런 의사는 되지 않을 거야. 그동안 궁금했지? 누워만 있는 내가 왜 열심히 립스틱을 바르는지를…….

종수는 대답 대신 침묵했다.

엄마를 기다리는 거야. 언제 엄마가 데리러 올지 몰라서 늘 준비하고 있는 거야. 엄마가 내게 연분홍색 립스틱을 쥐여주며 말했어. 엄마가 보고 싶을 때마다 이 립스틱을 바르며 기다리라고. 그러면 꼭 데리러 오겠다고. 병원에선 내가 빨리 죽기를 바라겠지만, 난 밥을 열심히 먹고 있어. 살아 있어야 엄마를 만날 수 있으니까. 그래야 엄마가 찾아왔을 때 슬프지 않을 테니까.

꺼삐딴 누나의 나이를 미루어 짐작했을 때, 누나의 엄마는 이미 이 세상 사람이 아닐 거라는 생각이 들었지만, 꺼삐딴 누나의 정신 상태는 자신이 버려졌던 전쟁고아 시절에 멈춰 있는 듯했다.

손님, 도착했습니다.

기사가 옛 생각에 잠겨 있는 종수를 깨웠다. 택시가 멎은 곳은 비탈길 위에 있는 아파트 정문 앞이었다. 종수는 오만 원권 한 장을 건네주며 거스름돈은 필요 없다고 말한 후 택시에서 내렸다. 기사는 기분이 좋은지 출발하기 전 창문 밖으로 고개를 내밀며 말했다.

여깁니다. 그 꽃병원이 있던 곳이.

종수는 꺼삐딴 누나 이야기를 기사에게 들려줄까 하다가 생각을 접었다. 종수는 택시가 떠나고 없는 자리에 우두커니 서서 주변을 둘러보았다. 높은 아파트에 가려 낮은 산자락조차 보이지 않앉고, 꽃병원은 물론 주변이 완전히 헐리고 변하여 고향의 흔적조차 찾아볼 수 없었다. 익숙한 풍경이 사라진 자리에 높은 아파트가 세워져 있는 모습은 자신의 뿌리가 사라진 듯한 고독감에 휩싸이게 했다. 이제 종수는 어디로 가야 할지, 무엇을 해야 할지 막연한 생각만 들었다. 종수는 빼곡히 들어선 시멘트로 견고하게 발라진 형체를 올려다보았다. 그 와중에 심신이 지친 육체가 신호를 보냈다. 과음한 상태에다 빈속이었다.

종수는 내리막길을 걷기 시작했다. 걷는 동안 그림자 하나가 종수의 키만큼 앞서 걸어갔다. 그 그림자가 지원의 것처럼 느껴져서, 종수는 빠르게 걸었지만, 그림자는 항상 종수보다 앞서 있었다. 비탈길을 내려와 이차선 도로가 나타나자, 종수는 길 양옆에 늘어선 가게들을 지나 가까운 식당으로 들어갔다. 식당 안을 두리번거리며 따라 들어왔을 그림자를 찾았다. 주인이 다가와 메뉴판을 식탁 위에 놓으며 여기 있다고 말했다. 메뉴판을 찾고 있는 것으로 오해한 모양이었다. 종수는 우거지탕을 주문한 후, 시선을 두기 위해 날짜가 지난 신문을 집어 들었다.

신문을 건성건성 넘기던 중 유리문 밖에서 쓰레기를 뒤지는 길고양이와 눈이 마주쳤다. 그 고양이는 종수와의 시선이 맞닿자 몸을 길게 늘어뜨리며 경계의 자세를 취했다. 종수는 그 능청스러운 고양이에 시선을 고정한 채, 주인이 가져다 놓은 우거지탕에 밥을 말았다. 허겁지겁 음식을 밀어 넣고 식당을 나섰을 때, 방금까지 그곳에 있던 길고양이는 이미 사라진 후였다.

배가 부르자 종수는 내려왔던 길을 다시 올랐다. 아파트 관리사무소 문을 열자, 난방 열기가 종수를 맞았다. 직원에게 이곳의 꽃병원이 어디로 이전됐는지 물었지만, 그는 근무한 지 얼마 안 되어 모른다고 했다. 관리사무소를 나온 종수는 손에 두꺼운 책과 누런 서류 뭉치를 들고 있는 주민을 붙잡고 물었다. 주민은 이곳이 그런 곳인지 몰랐다며 도리어 흥미로운 이야기를 듣는 듯 안경을 콧등까지 밀어 올리며 재차 확인했다. 종수는 허탈한 마음으로 아파트 건물을 올려다보다가 휴대전화를 꺼내 검색창을 띄웠다.

구청 건축행정과 직원이 장부를 들추며 말했다.

벌써 삼십여 년 전에 옮겨 갔어요. 원장이 세상을 떠나자 그의 아들이 그곳을 매각하고 지방 외곽에다 병원을 지었죠. 그런 뒤 전쟁고아 환자들만 옮겨 갔습니다.

직원의 수분 없는 피부로 보아 정년 퇴임을 앞둔 계장쯤 돼 보였다. 종수는 이전한 병원 약도를 알아낸 후 구청을 나왔다. 이전한 병원에 먼저 전화하여 꺼삐딴 누나가 살아 있는지, 여부를 물어볼까 고민하다가 직접 찾아가 물어보는 편이 좋겠다는 판단이 섰다.

버스가 종수를 내려놓은 곳은 낯선 시골 버스 정류장이었다. 정류장은 외진 길가에 자리 잡고 있었다. 낡은 나무로 만들어진 작은 대기 공간과 그늘막만 있을 뿐, 다른 시설은 눈에 띄지 않았다. 대기소의 벤치는 오래되어 페인트가 벗겨졌고 곳곳에 먼지가 쌓여 있었다. 정류장 주변은 드넓은 들판과 소복이 쌓인 풀이 펼쳐져 있고, 멀리 산들이 아련하게 자리 잡고 있었다.

햇살이 쨍쨍 내리쬐는 가운데, 바람이 불 때마다 풀과 나무들이 흔들리며 소리를 냈다. 사람들의 발길이 드물어 정류장은 고요하고 적막했다. 그저 간간이 지나가는 새소리와 바람 소리만이 정적을 깨뜨렸다. 정류장 한쪽에는 낡은 안내판이 서 있었지만, 글씨는 흐릿해져 잘 읽히지 않았다. 이곳에서 버스를 기다리는 사람은 극히 드물어 정류장은 외로움과 정적을 간직한 채 시골의 한쪽 구석에서 조용히 존재하고 있었다.

그런 외진 시골의 정류장 근처에 화장품 가게가 초라한 모습으로 눈에 띄었다. 작고 허름한 건물은 나무판자로 지어졌으며, 벽면은 세월의 흔적이 고스란히 드러나 있었다. 창문은 먼지로 덮여 있었지만, 간신히 보이는 내부에는 화장품들이 진열되어 있었다. 비록 작은 공간이었지만, 다양한 색의 립스틱과 화장품들이 가지런히 놓여 있어 아기자기해 보였다. 가게의 간판은 색이 바래고 글씨는 흐릿했지만, 화장품이라는 단어가 여전히 선명하게 보였다.

문을 열자마자 상큼한 향기가 코를 스쳤다. 내부는 아늑한 느낌을 주었다. 조명이 따뜻하게 비추는 공간은 정류장의 초라한 분위기와는 대조적이었다. 종수는 곧장 연분홍색 립스틱이 진열된 코너로 향했다. 마음속으로 꺼삐딴 누나의 미소를 떠올리며 서둘러 제품을 골랐다. 계산하면서 가게 주인에게 근처에 전쟁고아 환자들이 있는 병원이 있는지 물었다. 주인의 표정이 잠시 굳어지는 것을 느끼며, 종수는 급히 선물을 챙기고 가게를 나섰다.

버스가 정류장에 도착해 있는 것을 보고 종수는 서둘러 화장품 가게 문을 밀고 나와 정차에 있는 버스에 올라탔다. 차 안은 노후된 좌석과 창가에 쌓인 먼지로 가득했다. 종수는 자리에 앉아 가벼운 숨을 고르며 창밖을 바라보았다. 버스는 시골길을 따라 천천히 움직였다. 주변 풍경이 천천히 스쳐 지나갔다. 푸른 들판과 작은 논, 그리고 드문드문 보이는 농가들이 이어졌다. 구불구불한 길을 지나느라 덜컹거리는 버스에 몸을 맡긴 종수는 주소를 펼쳤다. 얼마나 더 깊숙한 곳에 닿아야 병원이 있는 것일까. 이곳이 익숙한 곳은 아니었지만, 꺼삐딴 누나를 만나기 위한 마음이 종수를 설레게 했다.

차선도 없는 시골길에 노을빛이 물들었다. 노을빛 위를 경운기가 마주 오기도 하고 개가 가로질러 가기도 하여 버스는 가다 서기를 반복했다. 보이는 것이라곤 논과 밭, 들판뿐인 곳에 개 짖는 소리가 간간이 들려왔다. 멀지 않은 곳에 마을이 있는 것 같았다.

버스가 당산나무를 감듯 돌 때에 종수의 휴대전화가 요란하게 흔들렸다. 의료사고 이후 지원으로부터 멀리 도망치고 싶어 이력서를 넣어둔 그 대학병원의 원장으로부터 직접 걸려온 전화였다.

자네가 몇 년 전부터 우리 병원에서 일하고 싶어 한다고 들었네. 얼마 전 자네를 가르친 교수를 우연히 만났는데, 자네 칭찬을 많이 하더군. 집도 기술이 좋다고 들었네. 자네 같은 인재가 지방에서 썩을 순 없지. 마음이 바뀌지 않았으면 내일부터 출근해도 좋네.

네, 감사합니다.

통화를 마친 종수는 기쁨과 불안이 동시에 밀려왔다. 불안한 눈으로 창밖을 바라보았다. 대학병원에서는 종수의 의료사고에 관한 내용을 모르고 있는 것일까. 원장의 전화를 받는 순간 종수는 자신의 허물이 들통날까 봐 더 큰 두려움을 느꼈다. 그 두려움은 불안으로 점점 커졌다. 과거에는 의료인으로서 순수한 열망이 가득했었다. 그러나 그 열망이 언제부턴가 무너졌다. 현재 종수의 마음은 좌절감과 절망감으로 가득 차 있다.

또다시 지원의 환영이 종수의 목을 옥죄듯 파고들었다.

지방 Z대학에서 의예과를 졸업한 종수는 선배가 운영하는 항문외과병원에서 근무를 시작했다. 지원은 종수의 환자였다. 강낭콩만 한 혹 주머니가 벽을 덮은 치질 환자였다. 종수는 지원을 수술했다. 치질 수술은 주로 척추마취를 선택했다. 척추 사이 뇌척수액이 담긴 관에 바늘을 넣어 약을 주입하는 마취였다. 뇌척수액이 담긴 관에 주삿바늘을 넣는 과정에서 뚫린 관을 통해 뇌척수액이 새는 부작용이 발생할 수 있어, 일반적으로는 마취 전문의를 따로 고용해야 했다. 그러나 소규모 병원이라 종수가 직접 마취까지 했다.

전 걸어서 들어왔어요. 건강한 몸이었고 단지 치질 수술을 받았을 뿐이에요. 그런데 지금의 제 몸 상태를 보세요. 제가 어떻게 받아들일 수 있겠어요?

지원은 울먹이며 따져 물었다.

종수는 사무적인 어투로 답변했다.

수술은 전혀 문제가 없었습니다. 치질은 깨끗하게 잘 제거됐습니다.

지원은 자기 몸에 일어난 변화를 종수가 아무렇지 않게 설명하는 것 같아 화가 났다. 인생이 뒤바꿀 중대한 신체 변화를 대수롭지 않게 여기기 때문이었다. 치밀어 오르는 감정을 간신히 억누르며 지원은 다시 자기 몸 상태를 설명했다.

이제는 일어설 수도 없어요. 일어서려고 하면 푹 주저앉아버려요.

종수는 매뉴얼에 따른 답변을 반복했다.

마취와 수술로 인해 발생할 수 있는 부작용에 대해 수술 전 충분히 설명드렸고 그에 따른 결과에 동의하고 서명도 하셨잖습니까?

말문이 막힌 지원은 울음을 터뜨렸다. 지원은 결혼을 앞둔 예비 신부였고, 약혼자만이 가족이 없는 지원에게 유일한 보호자였다. 약혼자는 병원을 뒤엎을 듯이 화를 내기도 했고, 차분하게 현 상태를 설명하며 자신의 사정을 받아들이도록 애썼다. 약혼자는 여러 곳에 탄원서를 제출했으나, 보험회사는 체질 문제로 돌리며 책임을 회피했다. 보건복지부에서는 탄원서가 이리저리 옮겨 다니기 바빴고 지치면 기다리라는 답변만 돌아왔다. 경찰서에도 호소했지만, 그곳은 약자를 편들지 않았다. 의료사고 사건의 벽은 단단하고 높았다. 약혼자가 조금씩 지쳐가고 있을 때, 주변의 눈초리가 "의료사고로 한몫 챙기려는 남자"라는 말을 하기 시작했다. 분을 참지 못한 약혼자는 힘을 다해 외쳤다.

이 돌팔이들아. 불 질러버리겠어.

지원은 병원비를 감당할 수 없어 퇴원했다. 그 후에도 스스로 종수의 환자이기를 스스로 원했다. 그것은 마치 평생 책임을 묻겠다는 환자 같았다.

오한이 나요. 해열제를 먹어도 열이 내리지 않아요.

신장에 염증이 생겼네요.

지원의 간절함에 종수는 무딘 대답을 했다. 지원은 다시 입원했고, 몸 상태는 악화되어갔다. 종수는 회진을 돌 때마다 지원과 마주할 수밖에 없었다. 지원은 울음으로 자신의 암담한 상황을 설명할 수밖에 없었다. 울지 않고 있다가도 종수만 보면 눈물을 글썽였다. 종수는 지원이 찾지 못할 곳으로 도망치고 싶었다. 이력서를 넣어둔 대학병원에서는 연락이 오지 않았다.

발톱이 빠졌어요. 감각이 없어 아프지도 않아 여태껏 몰랐어요. 양말과 옷에 피가 묻어 있어서 알게 됐어요.

지원은 검게 죽은 발톱을 내보이며 말했다.

발톱에서 피가 나도 모르고, 감각도 없고, 꼬집어도 아프지 않아요.

자포자기한 지원은 자신의 몸 상태를 마치 남의 일처럼 무심하게 말했다.

관리해야 합니다.

종수가 의례적으로 대답하자, 지원은 절망에 짓눌려 울부짖었다.

그러니까. 제 탓이군요? 제가 이렇게 된 게?

약혼자는 발길이 전보다 뜸해졌지만, 여전히 지원의 지지자였다. 어느 날, 약혼자는 지원을 닮은 원목 인형을 안겨주며 말했다.

나 외국으로 연수 가.

딸꾹질을 참으며 지원이 물었다.

언제?

곧!

언제 와?

가봐야 알 수 있어. 넌 완치될 거야. 이 예쁜 인형처럼 예전의 모습으로. 그러니까…….

저녁의 빈 하늘 같던 약혼자의 쓸쓸한 표정에 지원은 희망을 걸었다. 그런 쓸쓸한 얼굴로 멀리 가지 못할 거라고 믿었다. 그러나 약혼자마저 떠나버린 지원은 하루하루 포동포동해지고, 뚱뚱해지고, 뒤룩뒤룩해졌다. 뾰족구두를 신고 코스모스처럼 하늘거리는 몸은 온데간데없었다.

언제나 한결같은 표정을 짓는 간병인이 원목 인형을 바라보며 말했다.

더러워요. 색칠된 물감이 다 벗겨졌구먼.

날카로워진 지원은 눈을 부릅뜨며 반응했다.

더럽다고 함부로 말하지 말아요.

지원은 원목 인형을 끌어안으며 중얼거렸다.

난 더럽지 않아. 난 쓸모없는 사람이 된 게 아니라고.

원목 인형은 시간이 갈수록 낡아갔다. 몸통에서 목과 팔, 다리가 떨어져 나갔다. 망가진 인형을 끌어안고 있는 지원의 초점 없는 눈빛은 점점 흐려져갔다. 마치 헤쳐나올 수 없는 깊고 검은 구덩이에 빠진 사람 같았다. 종수는 동일한 원목 인형을 구해 지원에게 선물했다. 종수의 행동은 애정과 매정함이 구분되지 않아 경계가 모호했다. 순간순간 태도가 돌변했다. 양심의 담 사이를 오고 가느라 종수의 태도는 불안해하면서도 모호했다. 그 태도는 지원으로 하여금, 연민으로 착각하게 했다.

퇴원 후에도 지원은 통원치료를 받아야 했다. 관장은 이틀에 한 번 시행되었고, 외출할 때는 날짜와 상관없이 강제로 관장해야 했다. 소변축소 약을 복용해도 오버나이트 대형 기저귀는 필수 소지품이 되었다. 소변 줄을 하루에도 여러 번 넣고 빼는 과정이 반복

되면서 염증은 아물지 않았다. 소염제도 효과가 없을 때는 병원에 입원해 항생제를 포함한 링거를 맞아야 했다. 지원의 몸에서는 욕창 썩은 냄새와 과산화수소 냄새가 났다. 꺼삐딴 누나에게서 났던 냄새가 났다.

　지원이 수면제를 과다 복용한 날, 종수는 응급실로 호출되었다. 종수가 도착했을 때 선배 의사는 지원의 눈꺼풀을 벌려 안구를 들여다보고 있었다. 풀린 지원의 눈동자에는 책망이 서려 있었다. 지원의 입속에 튜브를 넣자, 간호사는 튜브 깔때기에 세척용 생리식염수를 부었다. 튜브를 물고 있는 지원의 목에서 위액이 역류하여 나올 때마다 몸이 물고기처럼 파닥거렸다. 맥박이 느려지자 심장 충격기가 지원의 몸을 여러 차례 튕겨 올렸다. 지원의 손이 종수의 옷을 스치며 힘없이 떨어질 때 원목 인형도 함께 바닥에 떨어졌다. 호흡과 맥박이 멎은 순간이었다. 종수는 얼른 원목 인형을 집어 뒤로 감추며 뒷걸음질 쳤다.
　열심히 살았을 뿐인데 종수에게 삶은 너무 냉혹하게 느껴졌다. 어머니에 이어 지원까지 종수를 죄의식 속에 가두었다. 종수는 평생 죄의식에 갇혀 행복할 수 없는 존재가 되었다. 종수의 마음에 무거운 짐이 얹혔다. 그 짐은 언제까지고 내려놓을 수 없을 것 같았다. 매일 아침 눈을 뜨면 어머니와 지원의 모습이 떠오를 것이기에.
　어디를 가든 불안감이 종수를 따라다녔다. 사람들의 시선이 종수를 스치면, 마치 진실이 드러날까 두려워 고개를 숙였다. 늘 느끼게 되는 죄의식은 마음의 먹구름 같았다. 밝은 햇살이 비추어도 마음은 그 그늘에서 벗어나지지 않았다. 사람들과의 대화 속에서도 늘 자신을 방어하게 되고, 진정한 감정을 숨기게 됐다. 가끔씩 행복한 순간이 찾아와도 금세 죄책감이 덮쳐 절망으로 이끌었다.

그러나 종수는 대학병원에서 멋지게 근무해보고 싶었다. 그것은 종수가 오래전부터 꿈꾸어온 것이었다. 종수는 마음속의 두 가지 목소리와 싸우며, 꺼삐딴 누나를 찾아가야 할지 고민이 됐다. 좀 전까지만 해도 립스틱을 사며 설레던 마음이 사라지고 돌아가고 싶다는 생각만 간절해졌다. 그녀가 아직까지 살아 있다면…… 그녀를 만나는 것이 두려워졌다. 그녀의 눈빛이 종수를 더듬을 때 자신의 비겁함이 드러날까 두려웠다. 그녀와의 대화 가운데 양심을 속일 수 있을지 걱정됐다. 무엇보다 양심 때문에 기회를 잃을 것 같아 두려웠다.

종수는 벌떡 일어나 버스를 세웠다. 늦기 전에 서울로 돌아가야 한다는 생각에 다급하게 버스를 세웠다. 종수는 꺼삐딴 누나를 찾아가던 반대 방향으로 발걸음을 재촉했다. 새로운 기회는 종수를 더욱 불안하게 했지만, 불안한 걸음은 멈춰지지 않았다. 종수는 정신없이 걷다가 뭔가를 숨겨놓고 가야 한다는 생각에 걸음을 멈추었다. 이대로는 갈 수 없었다. 종수는 주위를 탐색했다. 아무도 없다는 안도감이 들었을 때, 푸드덕 새의 날갯짓 소리가 종수를 깜짝 놀라게 했다. 작은 기척에도 화들짝 놀란 종수는 불안한 눈으로 탐색했다.

어둠이 서서히 종수를 덮기 시작했을 때, 종수는 그 어둠에 의지해 구두코로 풀숲을 후볐다. 풀뿌리가 드러나며 수분 없는 흙이 먼지를 만들었다. 종수는 깊은 한숨을 내어 쉬며 움푹 파인 구덩이 속에 연분홍색 립스틱과 원목 인형을 묻었다. 자신을 괴롭혀온 상한 마음을 흙으로 덮어버렸다. 그것은 양심이었다. 찾아온 기회를 놓치고 싶지 않아 불안을 다스리며, 죄의식마저 묻어버렸다. 그런 뒤 그것이 영원히 눈에 띄지 않길 바라며 꾹꾹 밟았다. 마치 꽃을 밟듯이 지르밟았다.

아떼

나를 아떼라고 부른다. 그렇게 불리게 된 것은 너 때문이었다. 경호를 처음 만났을 때 그 아이가 내게 이름을 물어보는 것 같았다. 한국어를 조금 배워서 왔지만, 막상 언어를 접하니 낯설었다. 내가 대답하려 하자, 너는 내 말을 자르듯 대신 대답했다.

아떼 엄마라고 부르면 돼.

경호는 "아떼"라는 단어가 낯설었는지 내 얼굴을 빤히 올려다보았다. 너는 공항으로 마중 나와서도, 집으로 오는 택시 안에서도 여러 번 내 이름을 불렀으면서도 정작 나를 소개할 때는 "아떼"라는 호칭을 썼다. "아떼"는 필리핀에서 가정부를 부를 때 쓰는 호칭이다. 경호는 나를 "아떼 엄마"라고 부르며 따랐다. 경호는 얼굴이 하얗고 체격이 작아 계집아이 같았다.

내가 한국에 와서 비로소 알게 되었지만, 너는 백수였다. 가끔 연장통을 들고 하루 일당을 벌어 오기도 했지만, 집에 있는 날이 더 많았다. 너는 "아떼 물, 아떼 밥" 하며 입만 움직였다. 경호와는 텔레비전 채널을 두고 싸웠다. 말보다 몸이 앞서는 너는 성질을 부리고 윽박질러 채널의 승패를 거머쥐었다. 너는 추리닝 차림으로 빈둥거리다가 밥때가 되면, 먹었던 밑반찬을 또 준다며 반찬투정을 하곤 했고, 가장의 위엄을 세우기 위해 허세를 부렸다. 경호는 너의 폭력을 두려워하면서도 말대꾸를 잘했다. 시골에 사는 시어머니는 아들이 놀고 있다는 걸 뻔히 알면서도 매일 돈 타령을 했다.

너희 집으로만 다 빼돌리지 말고 내게도 얼마씩 보내거라.

어므이, 경흐 아빠 돈 벌지 않으요. 걱정하지 않으요. 나 몰라라 해요, 라고 나는 대꾸하고 싶었다. 시어머니는 있지도 않은 돈을 빼돌린다며 나를 도둑년 취급했다. 너는 매일 TV 채널만 돌리며 희망 없는 세상이라며 분노하기에 바빴다. 너의 말을 듣다 보면, 가난한 이유가 너의 탓만은 아닌 것 같았다.

매일 뜨거운 물이 나온다는 너의 열 평 남짓한 아파트의 내부는 겨우 발을 뻗을 만한 크기의 방 두 개, 화장실, 주방으로 구성되어 있었다. 산을 깎아 지은 아파트는 지대가 높은 위치에 있었고, 열두 동의 아파트는 베란다와 창문 방향이 제각각 다른 곳을 바라보고 있었다. 네모반듯한 학교는 아파트 안쪽의 지대가 낮은 곳에 자리 잡고 있었다. 나는 지대가 높은 아파트 놀이터 벤치에 앉아, 학교 운동장에서 뛰노는 아이들을 바라보는 것이 내 유일한 즐거움이었다.

아파트 상가는 출입구 쪽에 있었다. 일 층에는 세탁소, 미장원, 정육점이 있었고, 코너에는 슈퍼가 있었다. 이 층 피아노 학원에서는 종일 댕댕거리는 소리가 들렸으며, '국·영·수'라고 쓰인 속셈학원 창문 밖 담벼락에 붙은 낡은 환풍기는 열을 내며 종일 돌아갔다. 슈퍼는 구멍가게처럼 작았으나 보행길까지 처마를 치고 과일, 채소, 문구용품 등을 진열해놓았다. 슈퍼 아줌마의 거침없는 성격 덕분인지 불평하는 사람들이 없었고 손님이 끊이지 않았다. 슈퍼 아줌마는 마음속에 말을 담아두지 못해 무엇이든 주워섬겨서 심심찮은 대화가 늘 오갔다.

무료한 나는 너에게 세끼 밥을 차려주고, 지대가 높은 놀이터 벤치에 앉아 학교 운동장을 내려다보다가 슈퍼에 들러 물건을 구경하곤 했다. 슈퍼 주인 당신은 나를 힐금힐금 훔쳐보다가 눈이라도 마주치면 아내 없는 틈을 타서 말을 걸어왔다. "앞집 옆집 다 비슷비슷한 처지니 어려울 게 뭐 있느냐. 힘든 일 있으면 뭐든 흉허물 없이 얘기하라"고 했다.

나는 내 아이 병원비를 보내주는 조건으로 시집왔다. 그러나 너는 두세 번 병원비를 보내준 뒤, 그것으로 끝이었다. 내가 나가서 일이라도 하게 해달라고 사정하자, 너는 내가 도망이라도 갈까 봐

일을 못 하게 했다. 너는 한부모 가정으로 주민센터에서 경호 몫의 쌀과 식품비를 받아 생활하고 있었지만, 그것으로는 충분하지 않았다. 내가 힘들다고 말하자, 너는 "네 나라에서는 어떻게 살았는데?"라고 비아냥대듯 물었다. 너는 항상 그런 식이었다. 나는 너의 만류에도 불구하고 식당 일자리를 구해 일했지만, 네가 찾아와 난동을 부리는 바람에 하루 일당마저 받지 못하고 그만둬야 했다.

나는 이런 구구절절한 사연을 슈퍼 당신에게 하소연했다. 슈퍼 당신은 내 하소연을 귀담아 들어주고, 내 처지가 안타깝다며 위로해주었다. 마음 붙일 곳 없는 나에게 슈퍼 당신은 친절했다. 슈퍼 당신은 채소와 과일을 실어 나르는 트럭으로 나를 불러냈다. 트럭은 사람이 잘 다니지 않는 공터에 세워져 있었다. 슈퍼 당신은 나를 만날 때마다 아이 병원비에 보태라며 돈을 쥐어줬다. 나는 슈퍼 당신이 고마웠다. 나는 그 돈을 모아 고향으로 보냈다.

너는 누구 아들이냐? 내 아들은 너처럼 눈이 크지 않다. 나 닮아 눈이 작아.

시어머니가 둘째 경태를 보며 말했다.

몇 년 만에 찾아온 시어머니가 원망스럽기만 했다. 시어머니가 오기 전까지 나는 필리핀에 있는 아이에게 병원비를 보내며 한국 생활에 적응하고 있었다. 너는 시어머니의 말을 듣고 경태를 찬찬히 바라보았다. 시어머니가 다녀간 후, 너는 경태만 보면 이유 없이 화를 내기 시작했다. 너는 마르고 창백한 피부에 눈언저리가 두 두룩하여 눈이 작은 반면, 경태는 골격이 크고, 피부가 검으며, 둥 그런 주먹코에 눈꺼풀에 주름이 잡혀 거북이 눈처럼 컸다.

어느 날 내가 경태와 슈퍼에 갔을 때, 슈퍼 당신의 아내는 경태 와 슈퍼 당신을 번갈아 바라보며 "너무 닮아서 남들이 보면 당신 아들인지 알겠수"라고 농담을 던진적 있었다. 슈퍼 당신은 헛기침 을 해댔고 나는 뜨끔했다. 경태는 형 경호와 함께 당신 슈퍼에 있 는 게임 통을 붙들고 놀았다. 나는 그럴 때마다 게임하지 말라며 슈퍼에 가는 것을 말렸지만 말을 먹어주지 않았다.

경호는 학교생활에 열중하지 않았다. 경호가 다니는 학교를 유 배지라고 표현했다. 유배지란 결손 가정 아이들만 다니는 학교에 승진을 못 한 만년 선생들이 퇴임까지 임기를 채우는 곳이란 의미 였다. 학교는 소문과 다르지 않았다. 경호 말에 의하면, 수업 종이 치고 한참 후에 들어온 선생님은 한 명씩 빈자리를 확인하며 출석 을 부른다고 했다. 결석 사유를 반장이나 짝에게 묻고 사유를 느리 게 받아 적는 바람에 공부할 시간은 적다고 했다. 하지만 결석이 잦은 아이 집에 전화를 해보거나 방문한 적은 없다고 했다. 학교는 아이들에게 관대했지만, 간섭과 규제가 없는 관대는 방임처럼 느 껴졌다.

그런 학교에 권 선생이 부임해왔다. 나는 시간 날 때마다 지대가 높은 놀이터 벤치에 앉아 학교 운동장을 바라보았기에 학교 상황을 알 수 있었다. 권 선생은 며칠 전에 같은 동 아파트에 이사 왔다. 영구임대 아파트는 전세나 월세로 들어올 수 없는 곳이지만, 불법으로 세를 놓은 집에 들어온 듯했다. 나는 경호와 함께 슈퍼에 다녀오던 중 낡은 승용차에서 이삿짐을 내리는 권 선생을 보았다. 뒷좌석과 트렁크에서 책, 노트북, 옷, 가방, 이불 보따리 등을 꺼내 옮기고 있었다. 권 선생은 물건을 옮기며 경호와 마주치자 생기 있는 미소를 보냈다.

내가 다시 권 선생을 집에서 보게 된 것은 며칠 뒤였다. 경호는 가방을 멘 채 슈퍼에 있는 게임 통 앞에서 무릎을 세우고 게임을 하다가 학교에 가지 못한 날이 많았다. 손버릇이 있는 경호는 게임 비용을 스스로 마련했다. 권 선생으로부터 전화가 걸려온 날도 경호는 게임을 하느라 학교에 가지 못한 날이었다.

저 경호 집이죠? 경호의 담임선생입니다. 경호가 학교에 안 와서요.

너는 경호가 학교에 가지 않아도 나무라지 않았다. "공부할 놈은 따로 있지"라며 입버릇처럼 말했기 때문에 경호는 공부의 소중함을 알지 못했다. 나는 더듬거리며 말했다.

경흐, 집에 없으요. 아직 못 갔으요.

경호는 지금 집에 없고 아직 학교에 가지 못한 모양이라고, 서툰 한국어로 대답했다. 권 선생은 대충 알아들었는지 퇴근 후에 들르겠다고 했다. 나는 갑자기 심장이 뛰고 무엇을 해야 할지 가닥이 잡히지 않았다. 먼저 걸레를 빨아 방을 닦았다. 씻어놓은 그릇들을 가지런하게 엎어놓고, 환기를 시키기 위해 베란다와 현관문을 열었다. 현관문은 군데군데 찌그러지고 광고 전단들이 떼어지지 않아 너저분했다. 좁은 복도에는 먼지 쌓인 보행기, 폐지로 보이는 상자와 신문지, 납작하게 접은 우유갑, 말라비틀어진 화분, 수명이 다 된 장난감이 놓여 있었다. 복도와 연결된 창틀 주위에는 마늘다발과 붉은 양파망과 말린 무청 잎다발이 어지럽게 걸려 있었다. 청소를 마친 뒤 경호와 경태를 찾으러 막 나가보려 할 때, 경호가 축 늘어져 잠든 경태를 업고 걸어오고 있었다. 경호는 저만 한 아이를 업은 듯 보였다. 그 뒤로 권 선생의 모습이 보였다. 오면서 맞닥뜨린 모양이었다.

경호는 권 선생에게 나를 '아떼 엄마'라고 소개했다. 학교 선생님이 집에 방문한 것은 처음인지, 경호는 긴장한 얼굴이었다. 나는 두 손을 포개고 고개를 숙였다. 권 선생도 양복 상의 앞 단추를 채우는 시늉을 하며 허리를 숙여 공손히 인사했다. 호리호리한 키에 균형 잡힌 체격이었다.

내가 차를 준비하는 동안 권 선생은 방 안을 일별했다. 내가 차를 내가자 무슨 차냐고 물었다. 경호가 대신 "마룽가이요"라고 대답했다. 내가 필리핀에서 가져온 차였다. 마룽가이는 현미차 맛과 비슷했다. 건강에 좋은 차라며 끓여주면 경호는 물맛만 난다며 마시려 하지 않던 차였다. 하지만 권 선생은 차 맛이 깔끔해서 좋다고 했다.

작은방에서 나오지 않고 있는 너는 나와 권 선생이 나누는 대화를 엿듣고 있을 게 뻔했다. 너는 내가 한국어를 하지 못하도록 집에서도 "밥 줘", "물 줘", "어디 가" 등 단어 수준의 짧은 필리핀어만 사용해서 나는 한국어를 익힐 기회가 적었다. 권 선생이 질문하면 경호가 대신 대답하는 식으로 대화가 몇 마디 오갔다.

너는 지루했는지 벽을 발로 차기 시작했다. 잠시 어색한 침묵이 흘렀다. 권 선생이 너의 존재와 집안 분위기를 눈치챈 듯 서둘러 일어섰다. 권 선생은 현관문 앞에서 경호의 머리를 쓰다듬고 "꿈은 희망이다"라고 메모한 공책을 건네며 "내일 학교에서 보자"라고 했다.

권 선생이 다녀간 뒤, 책이나 공책을 아무렇게나 여기던 경호는 학교생활에 재미를 붙이기 시작했다. 경호의 성적은 눈에 띄게 좋아졌다. 경호는 물어보지도 않은 장래 희망을 스스로 털어놓기까지 했다. 경호가 꿈을 꾸는 아이로 변해가고 있었다.

주말이면 권 선생은 경비실 담벼락 옆에서 세차를 했다. 미니 청소기로 먼지를 빨아내고 휴지통과 서랍, 트렁크 속을 정리했다. 경호와 경태는 비누 거품이 묻은 자동차 유리문에 매달려 있었다. 권 선생은 비누 거품을 만들어 아이들의 얼굴에 뿌렸다. 경태는 자동차 바퀴 옆에 쭈그리고 앉아 숨었고, 경호는 팔로 얼굴을 가리며 도망 다녔다. 비누 거품이 동그랗게 풍선이 되어 떠다녔다. 아파트 관리실에서 끌어온 물 호스로 경호가 물대포를 쏘기 시작하자, 이번에는 권 선생이 팔로 얼굴을 가리며 도망 다녔다. 경태는 신이 나서 같은 자리에 서서 동동 뛰었다. 베란다 문을 활짝 열어놓고 시래기 된장국을 끓이고 있던 나도 어느새 내려가 경비실 담벼락에 몸을 숨기고 그 모습을 지켜보다 경호와 권 선생이 나누는 대화를 듣게 되었다.

아떼 엄마는 필리핀에서 왔어요. 아빠는 아떼 엄마를 싸게 사왔, 아니 아빠랑 결혼해서 왔대요. 하지만 아빠가 약속을 지키지 않아 엄마는 속아서 시집온 거랬어요. 절 낳아준 엄마는 제가 어릴 때 도망갔대요. 경태는 아떼 엄마가 낳았는데 한국말을 못 해요. 아빠는 아떼 엄마가 도망갈까 봐 한국말을 배우지 못하게 해요. 그래서 동생도 아떼 엄마 따라 말을 못 해요. 아빠는 동생을 벙어리라며 미워하지만, 사실은 아떼 엄마가 한국말을 못 해서 동생도 말을 못 하는 거예요. 아떼 엄마가 울 때 제가 눈물을 닦아줬더니 저를 꼭 안아주었어요. 아떼 엄마의 품은 정말 따뜻해요. 아떼 엄마는 한국말을 배워서 동생이랑 저에게 동화책을 읽어주는 게 소원이랬어요.

너는 경태를 다른 이유로 미워했지만, 아홉 살인 경호는 그렇게 알고 있었다. 권 선생은 차를 닦던 동작을 멈추고 진지한 표정으로 경호의 말을 경청한 후, 경호 엄마가 이곳 말과 문화를 배우도록 도와줘야 한다고 말했다. 그것은 엄마의 권리라고 했다.

　너는 어느 날 연장통을 둘러메고 지방 공사장으로 내려갔다. 나는 그 틈을 타서 경호를 앞세워 권 선생의 집 초인종을 눌렀다. 우연히 듣게 된 말 때문에 용기가 생겼는지도 몰랐다.
　한국어 배우고 싶으요.
　내 느닷없는 부탁에 권 선생은 난처해하면서도 거절하지 않았다. 나는 공책에 구멍이 나도록 힘을 주어 한국어를 받아쓰고 소리 내어 읽었다. 경호는 옆에서 수학 문제를 풀었다.
　나는 고마워서 권 선생의 집을 청소했다. 주방 싱크대를 닦고, 와이셔츠를 비벼 빨고, 행주를 삶고 김치전을 부쳐주었다. 어떤 날은 함께 둘러앉아 먹었다. 내가 손으로 김치전을 집어 접시를 닦아가며 먹자 경호와 경태가 따라 했다.
　너는 내가 음식 먹을 때, 똥 닦은 손으로 먹는 거냐며 더럽다고 했다. 음식은 오른손으로 먹고 화장실은 왼손을 쓴다고 말하고 싶었지만, 너는 단어 수준의 말밖에 알아듣지 못해 나는 설명하지 않았다.
　증말 맛웃으요?
　권 선생이 맛있다고 말하자, 내가 되물었다.
　네, 근데 따라해보세요. 맛 · 있 · 어 · 요?
　맛 · 웃 · 으 · 요?

나는 권 선생의 입 모양을 따라 흉내 냈다. 나도 모르게 얼굴이 붉어졌다.

네, 맛있습니다. 한국 음식 참 잘하시네요.

나는 소녀처럼 웃었다. 『선녀와 나무꾼』 동화책도 읽을 수 있게 되었다.

선녀와 나무꾼 동하 재뮈 있으요. 나무꾼 선녀 방해했으요. 선녀 아이 둘을 낳고 도망 갔으요.

나는 『선녀와 나무꾼』 동화를 아이들에게 들려주듯 권 선생에게도 들려주었다.

네, 맞아요. 그런 내용이죠.

권 선생이 내 말에 맞장구를 쳐주니 내 존재를 인정받은 기분이 들었다. 그때 곁에 있던 경태가 권 선생에게 과자를 사달라고 느닷없이 졸라댔다. 나는 그러면 안 된다고 했지만, 경태가 옷자락을 잡고 늘어졌다. 나는 경태 등을 치며 말렸고 권 선생은 괜찮다며 아이들을 데리고 슈퍼로 향했다.

나는 따라 들어가 집어 든 과자를 도로 뺏어놓기를 반복했다. 권 선생이 그러지 말라며 웃었다. 말이 없던 경태가 권 선생에게 매달릴 거라고는 예상하지 못했던 일이었다. 경호가 과자 봉지를 뜯어 경태 입속에 넣어주자, 권 선생이 두 아이의 머리를 쓰다듬어 주었다.

경태가 말문을 열기 시작했다. 경태는 『선녀와 나무꾼』 동화책을 읽어달라고 내게 매달렸다. 나는 동화책을 읽어줄 수도, 한국어를 배우러 갈 수도 없게 되었다. 그 이유는 네가 지방 공사장에서 돌아왔기 때문이다.

그래, 너도 도망 가고 싶다 이거지?

너는 놀란 눈으로 한국어를 어떻게 배웠는지 추궁하며 닥치는 대로 물건을 던졌다. 예전에 너는 게을렀지만 악해 보이진 않았는데, 술 양이 조금씩 늘면서 알코올 중독자처럼 난폭해져만 갔다. 난폭해진 이유 중 하나는 경태가 너를 닮지 않았기 때문이다. 그러나 너는 다른 핑계를 대며 화를 냈다.

이렇게 머리를 자르면 창피해서 못 나가겠지?

이성보다 감정이 앞선 너는 내 머리칼을 가위로 잘랐다. 내가 그러지 말라며 울며 소리치자, 너는 폭력으로 나를 제압하며 더 짧게 잘랐다. 그렇게 너는 자신의 감정을 통제했다. 너는 나의 감정마저 사 온 것처럼 통제하려 들었다. 너는, 너 자신은 보지 않고 상대만 봤다.

너는 술을 마시고 집에 들어와 아이들 보는 앞에서 육체적 방탕을 저지르려 했다. 내가 거부하자, 너는 고래고래 소리를 지르며 경호와 경태의 이름을 번갈아 부르며 둘 중 누구를 더 좋아하느냐고 다그쳤다. 아이들은 영문도 모른 채 이불 속으로 숨었다. 경태는 다시 말을 하지 않았다.

너는 툭하면 현관문을 발로 차고 그릇을 깼다. 아무도 나와 보지 않았다. 옆집 할머니만 현관문을 열고 나왔다가 다시 들어갔다. 너는 너의 분을 못 이겨 나를 패다가도 어느 날 돈뭉치를 가져와 자랑했다. 자기 몸을 천금같이 알던 네가 일 대신 사기라도 치고 가져온 것인지, 한쪽 팔에 깁스를 하고 들어와서는 밤새 을러메며 돈 때문에 시집온 거냐며 주정했다. 경호는 학습이라도 하듯 그런 너를 바라봤다.

경호와 경태가 슈퍼 당신이 준 과자를 받아들고 집에 들어온 날이었다. 너는 밥을 먹다 말고 밥상을 뒤집고 내 머리채를 잡아끌며 슈퍼로 향했다. 너는 무턱대고 두부, 콩나물, 숙주나물을 으깼다. 슈퍼는 아수라장이 되었다. 상가 사람들이 나와 구경했다. 너는 사나운 짐승처럼 부르짖었다.

저놈은 똥갭니다. 이년은 갈봅니다.

슈퍼 당신 아내는 상황을 이해하지 못하다가 뒤늦게 살쾡이처럼 달려들었다. 상대는 슈퍼 당신이 아닌 나였다. 상가 사람들은 팔짱을 끼고 서서 구경했다. 그날 이후 슈퍼 당신은 나를 봐도 못 본 체했다. 어렵게 맞닥뜨린 슈퍼 당신에게 나는 경태 이야기를 꺼내야겠다고 마음먹었다.

사시르 경태가 당신의 아이…….

뭐?

슈퍼 당신은 내가 말할 때마다 "뭐?" 하며 쏘듯 되물었다. 슈퍼 당신도 경태의 외모를 보고 눈치챘을 것이지만, 겁을 먹고 발뺌

했다.

내 아인지 알 게 뭐야? 영리하게 굴었어야지. 내가 네 남편이라도 되는 줄 알아?

이제 슈퍼 당신마저 도와주지 않는다면, 필리핀에 두고 온 아이는 죽은 생명이나 다름없었다.

당신 아내에게 다 털어놓고 싶으요.

슈퍼 당신을 협박하는 말이 나도 모르게 튀어나왔다. 배신감 때문이었다. 슈퍼 당신 아내는 경태에 대해 전혀 눈치채지 못했다. 아파트 주민들은 모두 숙덕거리고 있었지만, 슈퍼 당신 아내만 몰랐다. 온갖 소문은 다 알고 있으면서 자신에 관한 소문만 몰랐다.

슈퍼 당신은 사태를 수습하려는지 당신 가게에서 과자를 훔친 경호와 경태를 경찰서에 신고했다. 평소 같으면 눈감아줬을 일이었다. 소년원에 집어넣겠다며 역공의 방법으로 나를 겁박했다. 슈퍼 당신은 그럴 수 있는 사람 같았다. 나는 사정했다. 슈퍼 당신은 합의서에 도장을 찍어주며 "입만 뻥긋했다간 봐라"라며 나를 을러멨다.

나는 너와 살면서 슈퍼 당신의 아이를 낳았다. 그것을 눈치챈 너는 점점 난폭해졌다. 나는 죄책감을 느끼면서도, 너에게 나는 아떼에 불과하다는 생각으로 나의 행실을 정당화했다.

나를 아떼로 여기지 않은 사람은 권 선생뿐이었다. 그는 내게 한국어를 가르쳐주었고, 한 인격체로 대했다. 경호의 말에 의하면 권 선생은 학교 음악 선생님과 결혼할 예정이라고 했다. 음악 선생님은 눈이 크고, 머리가 길어 권 선생과 잘 어울렸다.

나는 베란다 창문을 통해 권 선생이 털레털레 걸어오는 모습을 내려다보았다. 퇴근 후 오는 길 같았다. 나는 미리 준비해놓은 김치부침개를 쟁반에 담아 비상계단으로 걸어 올라갔다. 현관문은 열려 있었다. 나는 현관 앞에서 '경흐' 하다가 문을 노크했다. 그제야 권 선생이 놀란 눈으로 나왔다. 옆집 할머니가 혼자 찾아온 나를 의혹에 찬 눈으로 지켜보고 있었다. 나는 쟁반과 함께 편지를 건네주고는 뛰다시피 비상계단을 내려왔다.

경흐 엄마입니다. 제게 한꾹어 가르쳐주시어 감싸함니다.

동아 책 일을 수 있어 고맙습니다.

이 은혜 잊지 않아요.

슈퍼 당신의 변심과 나날이 늘어나는 너의 폭력에 지친 나는, 권 선생의 배려가 새삼 고마워졌다. 나는 한국어를 배운 후에도 여전히 경호를 '경흐'라고 부르곤 했지만, 그것은 오래된 습관이었다.

옆집 할머니가 소문을 낸 것일까? 권 선생에게 편지를 건네주고 온 날, 너는 아파트 비상계단을 뛰듯 올라가 내가 숨겨놓았던 한국어 노트를 어떻게 찾았는지 권 선생이 보는 앞에서 찢었다. 여러 장을 한꺼번에 잡고 뜯어내자 스프링이 휘며 늘어났다. 너는 스프링 노트에 힘을 주었지만, 스프링은 늘어날 뿐 다시 오므라들지 않았다.

너의 손에 피가 났다. 너는 거친 숨소리를 내뱉으며 권 선생과 노트를 번갈아 노려볼 뿐 더는 무례하게 굴지 않았다. 경호가 따라 올라가 너의 다리에 매달려 울었기 때문이었다. 경호의 울음소리에 사람들이 현관문을 열고 나왔다. 옆집 할머니는 뭔가 안다는 눈빛으로 바라봤다. 나는 비상계단 벽에 몸을 붙인 채 서 있었다.

그 일로 나에 대한 소문은 슈퍼 당신에서 권 선생으로 재빠르게 옮겨 갔다. 아파트 주민들은 오고 가며 마주칠 때마다 소소한 안부를 물었고, 그 안부 속에 내 소문이 섞여 돌았다. 소문과 소문이 만나는 곳은 학교이거나 상가 안이거나 슈퍼였다. 슈퍼 당신 아내는 모든 것이 오해라며 불쌍해서 잘해줬을 뿐인데 억울한 소문이 퍼졌다며 남편 대신 변명했다. 그간의 소문들을 권 선생에게 뒤집어 씌우려는 비열한 슈퍼 당신의 꼬임에 넘어간 듯했다.

경호 엄마, 내 뼈 있는 말 한마디 해도 되지?

아파트 부녀회장이자 학교 학부모회장이며, 경호와 같은 반 친구의 엄마인 팔랑이 엄마였다. '팔랑이'라는 호칭은 내가 지어 부른 것이 아니고, 먼지만 날려도 입이 움직인다고 해서 아파트 주민들이 붙인 호칭이었다. 팔랑이 엄마는 한시도 입을 가만두지 않고,

팔랑팔랑 나오는 대로 주워섬겼다. 팔랑이 엄마는 내게 권 선생이 교장실에 불려간 내용을 장황히 늘어놓았다.

권 선생이 교장실로 불려갔다더라. 교장은 전후 사정을 제대로 듣고 말하는지 팽팽한 배를 앞으로 내밀고 소파에 앉아 권 선생을 바라보는 것이 솔로몬의 제사장만큼이나 거만했다더라. 교장이 어떻게 된 일이냐며 다짜고짜 노발대발했다더라. 학부모와 간통이라니. 말이 되느냐. 학교에 명예를 훼손시킨 게 아니고 뭐냐. 그랬더니 권 선생은 "오해"라며, 자신은 한국어를 가르쳐줬을 뿐이라고 하자. 교장이 콧방귀를 뀌며 허 웃었다더라. 그나저나 어떻게 할 거냐. 권 선생이 그만두든가. 경호 엄마가 이사를 가든가. 양단간에 결정을 내야지. 한 울타리 안에서 경호를 계속 학교에 보낼 수 있겠느냐? 권 선생도 문제지만, 경호가 어떻게 생각하겠느냐? 아이 교육 문제도 생각해라. 경호 엄마도 담임하고 그러는 게 아니지. 말이 되느냐. 경호 엄마가 낯선 나라에 와서 고생한다고 잘해주려 했는데, 이건 경우가 아니다. 경호가 뭘 보고 배우겠느냐.

팔랑팔랑한 말들이 또랑또랑하게 들려왔다.

나는 권 선생이 교장한테까지 불려 갔다는 말에 몸 둘 바를 몰랐다. 교장은 학교 급식 당번 때와 학부모 간담회 때 몇 번 본 적이 있었다. 교장은 학부모들을 앉혀놓고 학교 교훈에 대해 이런 말로 연설한 적이 있었다.

우리 학교 교훈은 배려입니다. 가난하다고 해서 낙오자나 실패자라고 생각하지 마십시오. 누구나 역경은 있는 법입니다. 한 학부모님이 영구임대 아파트 아이들을 차별적 시선으로 보는 게 아니냐고 질문하신 적이 있습니다. 그렇지 않습니다. 가난은 대물림도 아니고 가난의 보균자도 아닙니다.

교장은 작은 키에 단단한 체격을 가진 인물로, 팽팽한 피부와 대머리 덕분에 나이를 가늠하기 어려웠다. 두툼한 옷을 바지 속에 넣고 벨트를 매어 배가 도드라져 보였다. 교장의 노골적인 표현에 불쾌감을 드러내는 학부모는 몇 되지 않았다.

전에 나는 권 선생에게 여러 궁금한 점을 조심스럽게 질문한 적 있었다.

여그 아이들에게 열심히 가르쳐도 소용이 읍다고 해요. 열심히 가르쳐도 달라지지 않는대요.

내 질문에 권 선생이 반박했다.

그렇지 않습니다. 설사 달라지지 않는다고 해도 가르치는 입장에서는 최선을 다해 가르쳐야죠. 아이들은 공평하게 배울 권리가 있습니다.

나는 학부모에게서 들은 말을 덧붙이며 물었다.

처음 부임해 오시면 모두 그렇게 말씀하시다가도, 시간이 지나면 선생님들이 변한대요. 이 학교에 다니는 아이들은 부모가 포기한 아이들이고, 그 부모는 사회가 포기한 사람들이라고 생각하게 된대요.

권 선생은 그 말에는 대답하지 않았다. 대답하지 않았던 것은 그 말을 인정해서가 아니라, 뭔가를 깊이 생각하는 것 같았다. 그러는 권 선생을 바라보며 그만은 변하지 않을 거란 믿음이 들었다.

권 선생이 학교에 부임하여 수업한 첫날, 경호로서도 다른 선생님과는 조금 달랐던 모양인지 내게 그날의 이야기를 상세히 들려주었다. 권 선생이 칠판에 문제를 적으면 아이들이 공책에 공식과 답을 써서 제출하는 수학 시험을 보았다고 했다. 권 선생이 칠판에 문제를 쓰다 말고 뒤를 돌아보자, 대부분의 아이들은 멀뚱멀뚱 앉아 있고, 몇 명의 아이들만 찢어 나눈 공책에 시험 문제를 풀고 있자, 그것을 본 권 선생이 학교에 올 때 공책을 챙겨오는 것은 학생의 기본 자세라고 말하자, 자신의 공책을 찢어 나누었던 여자아이가 우린 지금까지 공책 같은 건 필요 없었다고 대답하자, 권 선생이 미소 지으며 학교 올 때 공책을 챙겨 오는 것은, 비 오는 날 우산을 챙겨 나오는 것과 같다, 라고 했다는 것이다.

비 오는 날, 이라는 말에 나는 내 고향 마을이 떠올랐다. 내 고향 마을에는 비가 자주 내렸다. 집을 받치고 있는 네 개의 기둥 아래로 흐르는 물은 황토 물이었다. 전기가 끊기고 물도 잘 나오지 않았다. 빗물을 받아 흙물이 가라앉은 물로 씻었다. 비가 오지 않는 날은 진흙 물이 맑아졌다.

아이들은 어릴 때부터 경제활동을 시작했다. 남자아이들은 해가 지면 꼴뚜기를 잡아 왔다. 부모들은 그 꼴뚜기로 전통 음식을 만들어 시장에 내다 팔았다. 교육은 먹고사는 일보다 중요하지 않았다. 내가 매일 학교 운동장을 바라보는 것은 공부에 대한 부러움 때문이었다. 필리핀에 살 때는 쓰레기통을 뒤져서 버려진 책을 주워 읽고는 했다. 지금은 경호의 책을 몰래 읽고 있다.

필리핀에서는 대체로 일찍 결혼했다. 나도 일찍 결혼했다. 남편은 다정했으며, 아바가 병을 앓기 전까진 행복했다. 그러나 남편은 병원비를 벌어 오겠다며 고기잡이배를 타고 나간 후 몇 년째 돌아오지 않았다. 나는 병원비를 벌기 위해 낮에는 식모살이를, 밤에는 꽃을 팔았다. 그 수입으로 아바의 병원비를 감당하기에 턱없이 부족했다. 나는 아바를 살리기 위해 한국으로 시집올 결심을 했다.

내가 입국 통지서를 받아 든 날, 나는 너무 들떠서 아바에게 달려갔다. 나무 기둥 아래 수로 속을 뛰었다. 나무로 만든 쓰레기 수거용 배가 귀청을 울렸다. 배는 물 위에 버려진 쓰레기를 퍼 올리고 있었다. 꼬맹이들은 검은 피부를 드러내며 놀았다. 아바도 곧 저렇게 놀 수 있다고 생각하니 가슴이 벅찼다. 나는 큰 걸음으로 걸어 나무 판자 문을 열었다. 깡마른 아바가 선량한 눈으로 반겼다.

아바, 이거 편지.

나는 다가가 아바를 품에 안으며 말했다. 아바의 힘없는 눈이 편지를 든 내 손을 바라봤다.

입국 통지서야. 한국에 가도 된다는 입국 통지서라고.

나는 또박또박 그리고 작게 속삭이듯 말했다.

아바, 이제 걱정 없어. 신장 투석을 잘 받으면 나을 수 있을 거야. 한국은 여기보다 의료 기술이 발달되었대. 그 사람 집이 아파트랬어. 화장실이 집 안에 있고, 뜨거운 물로 언제든 목욕할 수도 있고, 온실 같은 곳에서 밥도 짓고 빨래도 할 수 있는 곳이랬어. 멋지지 않아? 매달 네게 병원비를 보내주기로 약속했어. 그 사람에게도 아바만 한 아들이 있댔어. 그래서 엄마 마음을 이해한다고 했어. 같이 아파해줬다고. 따뜻한 사람 같았어. 엄마가 먼저 가서 자리 잡으면 아바 데리러 올게. 조금만 참고 기다려줄 수 있지?

아바가 불안한 눈으로 고개를 끄덕였다.

고향에는 부모님이 있었다. 부모님마저 없다면 병든 아바를 홀로 두고 떠나올 결심을 하지 못했을 것이다. 아바 건강은 호전되고 있는 것일까? 보내준 돈으로 신장 투석은 잘 받고 있는 것일까? 부모님 건강은 괜찮은 것일까? 부모님이 보낸 편지로 간략한 소식을 듣고 있지만, 모든 것이 궁금하기만 했다.

나는 아파트 현관문을 열었다. 너의 집은 내 고향 수로 속보다 더 어두워 보였다. 나는 그동안 배운 한국어로 "내 나라로 돌아가는 게 낫겠다"라고 말했다.

뭐라고?

너는 나를 패기라도 하려는 듯 눈을 부릅떴다.

너는 약속을 지키지 않았어.

나는 대꾸했다. 너는 놀라서 말까지 더듬거리며 물었다.

무슨 약속?

"너는 내 아들 병원비를 보내주지 않았어. 그것은 나와의 결혼 조건이었어. 이렇게 사느니 돌아가는 편이 낫겠어"라고 앙칼지게 언성을 높이자, 너는 할 말을 잃은 사람처럼 너의 할 말만 했다.

이렇게 사는 게 뭐 어때서?

나는 한숨을 쉬며 "실망했어"라고 말했다.

실망했다고?

너는 내 말을 되물었다.

"나는 이렇게 살려고 온 게 아니다"라고 말했다.

이렇게? 도대체 이렇게 사는 게 뭐 어때서?

너는 흥분했다. 경호는 귀를 막는 대신 텔레비전의 볼륨을 높였다. 너는 볼륨을 줄이라는 말 대신 다짜고짜 다가가 경호를 발로 찼다. 경호는 매를 피하느라 구석으로 몰리며 훌쩍거렸다. 경태는 이불 속으로 숨어 나오지 않았다.

"내 아이가 죽어가고 있다고, 내 속은 새까맣게 타고 있다고, 너에게 밥이나 해주러 여기에 온 것이 아니다"라고 나는 소리쳤다.

결국 돈이군. 너는 돈만 있으면 되지? 넌 처음부터 돈 때문에 시집온 거잖아?

너는 급기야 이성을 잃은 사람처럼 보였다. 나는 더는 너의 폭력이 두렵지 않았다.

"처음부터 병원비만을 바라고 온 것은 아니라고, 나에게도 꿈이 있었다"라고 대꾸했다. 꿈이란 내 말에 너는 어깨까지 들썩거리며 이죽이죽 웃기 시작했다. 나는 말문이 막혀버렸다. 너는 표정을 바꾸며 "가난이 가난을 무시하는 거냐"고 물었다. 경호가 "그만!"이라고 소리쳤다. 너는 경호를 발로 찼다. 너는 말리는 경호에게까지 폭력을 휘둘렀다. 너의 손에는 야구방망이가 들려 있었다. 나는 온몸으로 경호를 막았다. 나는 야구방망이에 맞아 피로 범벅이 된 채 구급차에 실렸다.

나는 고향으로 돌아가야겠다고 마음을 굳혔다.

경흐야, 아떼 엄마 업으도 경태르 잘 부탁해.

겁이 많은 경태는 형 경호를 잘 따랐다. 경호는 대답하지 않았다. 대신에 문방구에서 훔친 것인지 흰 나비 핀을 가슴에 달고 다녔다.

누가 죽었니? 가슴에 흰 나비를 달고 다니게?

사람들의 물음에도 경호는 대꾸하지 않았다. 경호는 엄마를 나비라고 생각한 것 같았다. 그래서 날아가지 못하게 가슴에 매어 붙잡아두려는 것 같았다. 내가 떠나려는 결심을 굳힌 뒤로 경호는 학교에 가는 날보다 게임 통 앞에 앉아 있는 날이 많아졌다. 몸집이 큰 경태는 몸집이 작은 경호 뒤를 졸졸 따라다녔다. 둘은 종일 게임을 하다가 음침한 공터를 맴돌며 놀았다. 그러다가 배가 고프면 경호가 망을 보고 경태가 과자를 훔치는 짓도 잦아졌다. 경호와 경태는 훔친 과자를 놀이터에 뿌려가며 먹었다. 그것을 비둘기들이 모여들어 쪼아 먹었다.

엄마 업으도 꿈을 포기하믄 안 돼.

고향으로 병원비를 보낼 수 없게 된 지 삼 개월이 흘렀다. 그동안 보낸 돈이 바닥났을 게 분명했다. 더는 지체할 수 없었다. 경호의 귀에는 "엄마는 경호를 떠나지 않아"라는 말로 들렸는지 나를 올려다봤다.

갑자기 비가 내렸다. 비는 경호 마음 같았다. 나는 경호와 경태를 데리고 문방구에서 우산 두 개를 사서 씌운 뒤, 자장면 가게로 들어갔다. 비를 피해 들어온 파리가 끈끈한 식탁 위를 옮겨 다녔다. 나는 손을 내저으며 자장면 두 그릇을 주문했다. 경태는 입 주위를 시커멓게 칠하며 먹었다. 경호는 잘 먹지 않았다.

나는 경호에게 아바의 사진을 보여주었다. 힘없이 선량하게 웃고 있는 아바의 모습이었다.

아픈 동생이야. 엄마는 아바 병원비가 필요해. 이다음에 커서 경태 데리고 엄마 나라에 오믄, 아떼 엄마가 시오마이를 만들어

줄게.

나는 출국 준비를 서둘렀다. 비는 연이어 내렸다. 너는 연장통을 둘러메고 지방 공사장으로 갔다. 비가 오면 하던 공사도 중단됐지만, 너에게도 마음의 공사가 필요했는지도 몰랐다. 비는 바닥을 뚫을 기세로 쏟아졌다.

경호는 내가 사준 우산을 쓰고 학교에 가지 않았다. 우산뿐 아니라 공책도 가져가지 않았다. 나는 우산을 챙겨 들고 수업이 끝날 시간에 맞춰 학교 정문 앞에서 경호를 기다렸다. 정문에서 맞닥뜨린 팔랑이 엄마가 수업 시간에 경호가 백지 시험지를 냈다고 전해줬다. 권 선생이 훈계 차원에서 매를 들었고, 매를 맞던 경호가 밖으로 뛰쳐나가서는 여태 돌아오지 않았다고 전해줬다.

나는 경호가 들어오면 "그렇게 하면 안 된다"고 타이르려고 서둘러 집으로 향했다. 막 현관문을 열자 전화벨이 울렸다.

민경호 학생 집이죠? 경찰입니다. 경호 학생이 교통사고로 병원 응급실에 실려 왔습니다.

경흐가요?

네, 가해자는 같은 아파트에 사는 슈퍼 주인으로 확인됐습니다. 슈퍼 주인 말에 의하면 시동을 걸고 출발하려는 트럭에 경호가 갑자기 뛰어들었답니다. 빗속인 데다 경호 학생이 동생 옷을 입고 있는 바람에 병원으로 옮기는 동안까지 경호 동생인 줄 착각했다고 하더군요.

체격이 작은 경호가 왜 경태 옷을 입고 트럭에 뛰어든 것일까. 우산에서 물이 뚝뚝 떨어졌다. 눈물처럼 뚝뚝 떨어졌다. 빗물은 신발에 묻은 흙 때문에 흙탕물이 됐다. 눈물 같은 빗물이 떨어지는 우산을 놓지 못한 채 멍하니 서 있자, 경태가 큰 눈으로 물었다.

엄마, 어디 가?

나는 대답 없이 밖으로 나왔다. 굵어진 빗방울이 우산을 두들겼다. 후드득 소리에 가슴이 두근거렸다.

누가 죽었니? 가슴에 흰 나비를 달고 다니게…….

경호에게 묻던 사람들의 질문이 환청이 되어 가슴을 두들기는 것 같았다.

경호는 나비를 붙잡아두려고 차에 뛰어든 것일까? 슈퍼 남자가 돈을 주지 않는다는 것을 눈치챈 경호가, 보상금을 받아 아빠에게 보내게 하려고, 그렇게라도 나비를 붙잡고 싶어서 그 작은 몸을 트럭에 던진 것일까? 동생처럼 변장까지 하고서.

나는 길가에 서서 손을 흔들었다. 택시가 다가와 섰다. 나는 뒷문을 열며 말했다.

병은요.

경호는 응급실 침대에 누워 있었다. 머리와 다리, 팔에 붕대를 칭칭 감은 채로. 깁스한 팔을 가슴에 올린 채로. 경호는 조용히 아

품을 견뎌내고 있었다. 나는 떨리는 음성으로 이름을 부르며 상처
난 작은 아이를 더듬기 시작했다. 아이는 붕대 사이로 삐져나온 손
가락으로 무언가를 꼭 붙잡고 있었다. 가슴에 매달아놓은 나비를.
날아갈까 봐서. 꼭 붙잡고 있었다.

소설의 고전적 질문들

: 외로움, 삶의 가혹성과 비극성을 응시하는

고명철

1. 다시, 소설의 원론적 질문을 접하며

온갖 첨단 미디어가 발달하고, 그것에 최적화된 각종 표현 양식이 빠른 속도로 출현하고, 그것이 일상으로 파고드는 문화적 파급력은 자본 획득의 각축장을 만들고 있다. 특히 인공지능이 이들 미디어를 통해 제공하는 문화 콘텐츠의 매혹은 이에 그치지 않고 유사 콘텐츠의 재생산과 소비와 향유의 메커니즘을 바탕으로 한 관성적 수용자를 양산한다. 여기에는 빠른 시간 안에 최대한 자극적인 문화 소비 감각 반응을 이끌어내는 콘텐츠에 자족할 뿐 그 콘텐츠에 대한 심미적 이성을 바탕으로 한 문화 소비 주체의 반성적 성찰이 들어설 여지가 없다. 그래서 콘텐츠의 가독성 혹은 중독성이 겨냥하는 자본 획득이야말로 예의 콘텐츠가 얼마나 문화적 파급력이 강한지, 우리 시대의 문화를 선도하고 대표하는 문화 상징의 선도 모델로 부상시키는 강력한 조건이다.

이러한 현실 속에서 김경숙의 이번 소설집에 묶인 작품들을 읽는 동안 소설에 대한 원론적 질문을 묻곤 하였다. 소설 또한 문화콘텐츠 중 하나이듯, 소설은 인쇄술의 발명과 보급 이후 그리고 자본주의 일상을 살아가면서 천변만화의 우리 시대의 삶과 현실에 대한 반성적 성찰의 표현을 벼리고 있다. 달리 말해, 역사적 장르로서 소설의 운명, 즉 자본주의적 일상의 안팎을 이루는 근대 세계에 대한 예술적 응시와 심문과 반성에 소설은 충실하다. 혹자는 말한다. 근대를 넘어 탈근대를 살고 있는 우리에게 소설의 운명은 명멸한 지 오래고 소설의 시대는 시효 만료됐다고. 그래서 소설과 다른 문화콘텐츠가 절실하고, 그에 최적화된 서사가 요청된다고.

그러나 김경숙의 작품들을 읽으면서 소설에 대한 이런 문제 제기가 시류적이고 표피적 성격에 불과하다는 것을 강조하고 싶다. 이번 소설집에 실린 여섯 편의 서사는 소설의 운명을 곱씹도록 한다. 여느 문화 콘텐츠와 다른 차원에서 우리 시대의 삶과 현실을 응시하는 작가의 반성적 성찰이 주목되기 때문이다.

2. '외로움'의 난제를 응시하는 '자기 치유'

일상을 살면서 '외로움'은 좀처럼 피해갈 수 없는 삶의 난제 중 하나다. 아무리 이러저러한 사회적 관계로 이뤄져 있어 외로움의 정념이 끼어들 여지가 없다고 하더라도, 근대의 일상 속 인간 본래에 엄습해오는 존재론적 외로움을 단순화하든지 평면적으로 이해할 수 없다. 「치파오」, 「바우덕이, 너를 닮은 사람」, 「집으로」 등에서 보이는 인물의 안팎을 휘감고 있는 문제의식은 외로움에 대한 서사적 탐구로 읽을 수 있다. 이들 세 작품을 관류하고 있는 외로움과 그에 대한 서사적 문제의식을 요약해보면 다음과 같다.

「치파오」의 화자 '나'는 아버지의 루게릭병이 유전된 생명공학 연구 교수이다. '나'는 우울증까지 겹쳐져 자신의 생각과 느낌을 언어로 온전히 표현할 수 없는, 스스로를 "생명 없는 존재"로 여기는 비관주의에 사로잡혀 있다. '나'의 아내는 이런 남편과 경제적 이해관계에 충실할 뿐 간병인에게 '나'의 돌봄을 맡긴 아내의 역할에 자족한다. 재외동포인 '치파오'가 '나'의 간병인 역할을 수행하는데, 다른 간병인과 달리 지나칠 정도로 '나'의 일상 경계를 과도하게 넘는 돌봄 활동을 한다. '나'에게 '치파오'의 간병은 신선한 파격이 아닐 수 없다. '치파오'는 '나'가 멀리한 '나'의 사회적 관계에 틈입하며 '나'의 일상에 동요를 일으킨 셈이다. 그러던 '치파오'는 아내의 목걸이를 훔쳐 절도죄로 붙잡혀 경찰서의 조사를 받는 중 훔친 게 아니라 '나'로부터 선물 받았다고 변명하고, '나'는 그 말이 맞다고 진술한다.

한편 「바우덕이, 너를 닮은 사람」에서 작가인 '승철'은 교통사고를 당할 뻔한 탈북 여성 '아형'을 구해준다. 그런데 '승철'에게 '아형'은 조선 후기 남사당패의 최초 여성 꼭두쇠인 바우덕이를 빼닮은 것으로 여겨진다. 그리고 '승철'은 바우덕이를 대상으로 한 뮤지컬 대본 집필에 전념하고 무대에 올린다. 그만큼 '아형'은 '승철'에게 강렬한 예술적 영감을 심어준 일종의 뮤즈라 해도 과언이 아니다. 기실 '아형'은 구체 관절 목각인형 조종사로서 가는 줄로 연결된 인형의 관절을 섬세히 작동해야 하듯, 남사당패 바우덕이도 그의 전신의 신경을 집중하여 온몸을 줄타기 기예와 소고춤을 비롯한 노래를 자유자재로 재연(再演)해야 하는 것은 '아형'의 목각인형의 재연(再演)과 크게 다를 바 없다. 목각인형에 투사된 게 바로 '아형'이기 때문이다.

　마지막으로 「집으로」의 서사는 이렇다. 부모를 일찍 여읜 '영옥'은 조부모의 헌신적 보살핌을 받으며 화가로서 꿈을 키우는 중 지하의 열악한 작업실에서 화재 사고를 당해 얼굴에 심한 화상을 입어 대인기피증이 생긴다. '영옥'은 스스로 사회로부터 은둔과 고립을 자초하는 것도 모자라 자살의 막다른 심리에 내몰리지만 그럴수록 역설적으로 사람의 기운을 몹시 그리워한다. 화재 사고 이후 조부모와의 삶으로부터 단절한 '영옥'이지만 할아버지의 '영옥'을 향한 무조건적 사랑은 '영옥'으로 하여금 삶을 살아내도록 하는 원동력으로, 부모의 기일과 할머니의 생일이 우연히 같은 날 '영옥'은 조부모가 있는 집으로 돌아가 그들을 보살피며 살 것을 다짐한다.

　외로움의 문제의식과 관련하여 「치파오」, 「바우덕이, 너를 닮은 사람」, 「집으로」의 핵심 서사를 살폈듯이, 표면상 육체적 상처의 질환(「치파오」와 「집으로」)으로 자기 고립과 은둔이 심화되면서 가족 및 사회적 관계를 단절하는 외로움의 감옥은 한층 견고해진다. 뿐만 아니라 사회적 존재로서 절대적 생존의 위기에 처해진 탈북 여성 '아형'이 인형 조종사로서 헤쳐가야 할 한계적 삶의 극복은, '승철'의 대본 속 허구적 상상력의 힘으로 소생시킨 조선 최초 여성 꼭두쇠 바우덕이가 민중 연희를 통해 그의 시대적 구속의 삶을 버티며 살아내는 것과 공명하면서 '승철'과 '아형'과 바우덕이를 휘감는 외로움에 대한 성찰적 응시의 힘을 불어넣는다(「바우덕이, 너를 닮은 사람」).

그리하여 주목되는 것은 작가가 소설 속 인물들로 하여금 외로움을 회피하지 않고 응시하면서, 도리어 외로움을 삭여내면서 그것으로부터 수반되는 삶의 상처를 자기 치유하도록 하는 경이로움을 보여주고 있다는 점이다. 이러한 자기 치유의 서사는 이 세 작품의 결미를 읽어내는 데 의미심장하다. 「치파오」에서, 담당 형사는 환자의 "외로운 마음을 노려 금품을 뜯어내는 꽃뱀인 줄도 모르고" '나'가 재외동포 간병인의 절도 행위를 바보처럼 무마해준다고 힐난한다. 하지만, 설령 그렇다고 하더라도 '나'에게 무엇보다 간절하고 소중한 것은 예의 법률선을 넘어 그녀의 파격적 간병을 받으면서 '나'를 가둬놓았던 외로움의 감옥으로부터 벗어나 망실하고 있던 '나'의 존재론적 해방감을 되찾은 극적 순간 밀려든 삶의 환희다. 이것은 「바우덕이, 너를 닮은 사람」에서, '승철'이 "전생에 바우덕이를 사랑했던 도령일지도 모른다는 생각" 속에 바우덕이의 존재를 새롭게 발견하도록 촉매

역할을 한 탈북 여성 '아형'을 향한 애달픈 그리움의 정동으로 나타
난다. 바우덕이의 출중한 민중 연희(줄타기 기예+소고춤+노래)에 "도령
이 넋을 놓고 구경"한 것에서 짐작할 수 있듯, 바우덕이의 남사당패
재연은 "단순한 오락을 넘어, 민초들의 마음을 위로하고 소통하는 예
술 행위"인바, 바로 이 같은 바우덕이의 재연에 감화된 도령은 당시
신분상의 한계를 넘어 바우덕이를 사랑하여 남사당패를 따라나선다.
그렇다면 '승철'의 '아형'을 향한 그리움의 정동은 탈북 여성으로서
'아형'의 인형(劇) 예술이 함의한, 존재론적 사회적 조건으로 인한 외
로움의 상처를 함께 아파할 뿐만 아니라 그것을 치유하도록 하는 조
력자 역할을 수행하고자 하는 욕망을 품고 있는 것은 아닐까. 「집으
로」에서, 이 같은 조력자로서 의지와 욕망은 '영옥'이 그동안 철저히
외면하며 거리를 두었던 조부모의 비루하고 간난한 삶을 방관하지
않고 그들의 여생을 적극 돌봐야겠다는 옹골찬 의지로 나타난다. 코
로나와 얼굴 화상 때문에 얼굴을 가린 마스크 벗기를 두려워하지 않
고 당차게 세상에 나옴으로써 절망과 환멸의 삶에 대해 맞서 싸울 수
있도록 헌신한 조부모와 함께할 '집으로' 돌아갈 각오를 다진다. 집으
로 돌아갈 그날이 '영옥'의 "부모의 제삿날이기도 하지만 할머니 생신
날"인 것은 '영옥'의 개인적 불행과 그로 인한 상처를 담대히 스스로
적극 치유할 수 있다는 작가의 서사적 욕망이 투영된 것임을 상기하
고 싶다.

3. 인간 삶의 가혹성과 비극성, 그리고 삶의 응전

앞서 읽어본 작품들이 인간 존재 본연의 차원에서 외로움에 대한 서사적 탐구를 하고 있다면, 「바람이 전하다」, 「즈려밟은 꽃」, 「아떼」 등에서는 인간 삶의 가혹성과 비극성으로 점철된 자기의 구원 문제를 성찰하도록 한다.

우선, 「바람이 전하다」를 살펴보자. 이 작품은 스릴러 성격의 대중 서사에 근접해 있다. 작중 인물 '나'는 자신과 같은 경제적 약자에게 주도면밀히 접근하여 계획적 교통사고를 통해 신체 장기이식 매매를 할 수밖에 없도록 한 장기이식 매매 조직체 범인을 향한 사적 복수를 도모한다. 장기이식 매매 범죄 사기에 걸려든 '나'의 가정은 파괴되고, 그로 인해 '나'의 삶의 목적은 그들을 향한 분노와 응징의 되갚음에 올인해 있다. 이 사적 복수의 과정 속에서 우유부단하고 타협을 선호하던 '나'의 성격은 증오와 복수의 감정으로 변화한다. 그리하여 3년의 추적 끝에 조직책 중 한 명과 우연히 조우하였으나 살인 미수 행위로 수감되고, 풀려나 새로운 삶을 도모하고자 했지만 '나'의 운명은 어찌된 일인지 집 앞에서 차에 치이고 의식이 혼미해지는 불행을 겪는다. 마치 "예견된 불행"인 듯, 어쩌면 "또 누군가 계획한 불행"일지 모를 일이다. 사적 복수가 실패한 '나'의 존재를 세상에서 제거하고자 하는 어떤 누군가(범죄 조직)의 음험한 계략의 살풍경이 재현되었는지 알 수 없는 일이다. 그래서일까. 결미에서, 교통사고를 당한 '나'의 생명의 기운이 소진하는 가운데 과거 임신한 아내의 교통사고 충격에도 불구하고 무사히 태어난 딸에게 사랑을 읊조리는 대목은 예측할 수 없는 인간 삶의 가혹성과 깊디깊은 비극의 심연에 감응하는, "바람이 아이를 향해 불어간다."는 시적 비관주의의 재현으로서 의미심장하다. 왜냐하면 사적 복수는커녕 '나'는 정체 모를 교통사고로 의식이 혼미해지면서 장기이식 대상으로 전락할 수 있기 때문이다.

이처럼 인간 삶의 가혹성과 비극성은 「즈려밟은 꽃」의 결미에서도 만난다.

> 어둠이 서서히 종수를 덮기 시작했을 때, 종수는 그 어둠에 의지해 구두코로 풀숲을 후볐다. 풀뿌리가 드러나며 수분 없는 흙이 먼지를 만들었다. 종수는 깊은 한숨을 내어 쉬며 움푹 파인 구덩이 속에 연분홍색 립스틱과 원목 인형을 묻었다. 자신을 괴롭혀온 상한 마음을 흙으로 덮어버렸다. 그것은 양심이었다. 찾아온 기회를 놓치고 싶지 않아 불안을 다스리며, 죄의식마저 묻어버렸다. 그런 뒤 그것이 영원히 눈에 띄지 않길 바라며 꾹꾹 밟았다. 마치 꽃을 밟듯이 지르밟았다.

지역의 어느 병원에서 의료사고를 내 환자인 '지원'의 죽음을 초래한 충격 속에 "종수는 스스로를 구조할 방법을 찾기 위해" "시간의 흐름이 그 상처를 덜어줄 것이라는 희망"으로 서울 소재 그의 유소년 시절 '꽃병원'을 찾아나선다. 그길에 택시 운전사로부터 우연히 들은 얘기는 '꽃병원'에서 종수에게 밥을 먹여달라고 부탁한 '꺼삐딴 누나'

를 환기시킨다. 연분홍색 립스틱은 한국전쟁 고아로서의 삶의 고통과 상처를 표상하는 '꺼삐딴 누나'와 다를 바 없다. '종수'와 함께 '꽃병원'에서 환자 생활을 할 때 그들은 서로 대화하며 서로를 위무한다. '종수'는 '꺼삐딴 누나'의 곡절 많은 한스러운 지난 시절의 고통과 상처투성이 얘기를 들어주었고, 그녀로부터 훌륭한 의사가 될 거라는, 그래서 "자신의 죄를 회피하는 그런 의사는 되지 않을 거"라는 기대를 받는다. 그런데 '종수'는 의료사고를 낸 '지원'에 대한 죄의식 속에, 대학병원의 스카우트 제시를 받고는 '꺼삐딴 누나'의 기대를 저버리는, 양심과 죄의식의 번뇌에 사로잡힌 채 결국 자신의 출세(대학병원 의사)를 선택한다. 과연, '종수'의 이 새로운 선택은 '현재─의료사고의 상처'와 '과거─신산스러운 존재'를 덮어버림으로써 인간 삶의 가혹성과 비극성으로부터 그를 구원할 수 있을까. 그래서 '종수'의 "과거와 미래가 화해할 수 있을까." 그리고 '종수'는 그의 삶에 드리운 삶의 비관주의로부터 벗어날 수 있을까.

이와 관련하여, 작가 김경숙은 래디컬한 성찰적 물음을 던진다. 아이러니하게도, 소설의 태생적 기반을 제공하는 근대 세계가 악무한의 삶을 지속하듯, 인간 삶의 가혹성과 비극성이야말로 이것에 맞서 쟁투해야 할 생의 의지를 솟구치도록 한다. 「아떼」의 인물들이 그렇다. 필리핀에 있는 병든 아들의 병원비를 벌기 위해 한국으로 시집온 필리핀 여성 '아떼'는 가정폭력이 비일비재하고 무능력한 한국 남편과의 불행한 삶을 접고 필리핀으로 돌아가고자 한다. 한국에서 결혼하여 가족을 이뤄 새 삶 속에서 필리핀에 두고 온 아들 병원비를 충당

할 뿐만 아니라 자신의 꿈을 키우고 싶은 '아떼'의 삶의 희망은 한국 남편의 가정폭력에 여지없이 무너지고 말았기 때문이다. 그러던 '아떼'는 남편 전처의 아들 '경호'의 학교 담임선생의 도움으로 한글 교육을 받으며 한국어를 익혀나간다. 비록 '아떼'가 떠듬거리며 미숙하게 한국어를 구사하지만, 한국어로 그의 생각과 감정을 표현하면서 자신이 겪은 부당한 처사에 대한 비판적 문제 제기를 드러낸다. '아떼'는 그렇게 한국 생활의 기대를 접은 채 필리핀으로 돌아갈 마음을 다잡는다. 하지만 '경호'는 이러한 '아떼'와 헤어지고 싶지 않다. '아떼'가 '경호'의 친엄마는 아니지만, '경호'는 '아떼'를 엄마로 받아들여, 더 이상 불행한 가정환경에 내몰린 삶을 살고 싶지 않다. 그래서 '경호'는 가슴에 흰 나비를 달고 다닌다. '경호'는 나비와 동일시하는 '아떼'를 떠나보내고 싶지 않다. '아떼'가 부재한 '경호'의 삶이 얼마나 불모화된 삶의 가혹성과 비극성으로 점철될지 '경호'는 경험적으로 잘 알고 있기 때문이다.

경호는 응급실 침대에 누워 있었다. 머리와 다리, 팔에 붕대를 칭칭 감은 채로. 깁스한 팔을 가슴에 올린 채로. 경호는 조용히 아픔을 견뎌내고 있었다. 나는 떨리는 음성으로 이름을 부르며 상처 난 작은 아이를 더듬기 시작했다. 아이는 붕대 사이로 삐져 나온 손가락으로 무언가를 꼭 붙잡고 있었다. 가슴에 매달아놓은 나비를. 날아갈까 봐서. 꼭 붙잡고 있었다.

'경호'는 그러므로 '아떼'를 붙들기 위해 슈퍼 트럭에 몸을 던져 보상금을 받아 '아떼'의 필리핀 아들 병원비를 충당하도록 하는 무모한 행위를 도모한다. '경호'의 이러한 행위는 '아떼'의 삶과 분리해서 생각할 수 없을 만큼 '경호'의 시선에 비쳐진 인간 삶의 가혹성과 비극성을 응시하는 것이되, 이것에 분투하는 '경호'의 삶의 응전을 나타낸다. 이렇게 그들은 삶의 비관주의를 그들의 삶의 방식으로 견뎌낸다.

4. 김경숙, 소설의 운명에 정직하게 응전하는

김경숙의 여섯 편의 소설을 읽는 것은 문화콘텐츠 중 서사물을 소비 및 향유하는 데 있지 않다. 그의 소설 속 인물들은 인간 존재 본연의 외로움의 상처를 앓고 있다. 그의 외로움에 대한 성찰적 응시는 웅숭깊다. 외로움을 회피하지 않는 이 응시의 힘은 외로움으로부터 빚어진 삶의 상처를 자기 치유하도록 하는 경이로움을 낳는다. 인간 삶의 가혹성과 비극성을 에워싼 삶의 비관주의를 마주하도록 하는 소설의 힘을 작가가 신뢰하기 때문이다.

강조하건대, 이것에 대한 서사적 재현에 충실한 김경숙의 작품은 소설의 운명을 정직하게 조우하고 있다. 김경숙 서사의 매혹은 바로 여기에 있다. 최근 정치적 윤리 감각의 실종과 이에 부화뇌동하는 인터넷 서사물의 범람 속에서 유희의 욕망을 충족시키는 것을 넘어 악무한의 삶에 대한 반성적 성찰의 서사적 재현에 기투하는, 김경숙의 소설을 읽어야 하는 이유다. 소설의 운명에 정직하게 응전하는 작품을 모처럼 만난다.

高明徹 | 문학평론가, 광운대 교수

희망, 여기서부터
시작해야겠다